迦国(かのくに)あやかし後宮譚4

シアノ Shiano

アルファポリス文庫

https://www.alphapolis.co.jp/

第一章

季節は秋になっていた。

薫春殿(くんしゅんでん)は花ではなく、だんだんと赤や黄色に染まる色とりどりの葉で彩(いろど)られている。

そんな庭の光景を、私は自室の窓際でぼんやりと眺めていた。

窓からは涼やかな風が吹き込み、私の頬を優しく撫でていく。心地良く、過ごしやすい季節だ。

夏の終わりに離宮から戻ってからというもの、こうして何事もない穏やかな日々を享受していた。

夏は本当に大変だった。雨了(うりょう)の体調を回復させに向かったはずの離宮で、蛇の妖(あやかし)に襲われたのだ。悲しいことに、少なからず犠牲も出てしまった。しかし、自分と星見(ほしみ)の里との繋がりが分かったし、夏の異常な暑さに関しても、無事に解決することが出来たのだ。

その反動なのだろう。ここ最近はやることがまったくない。

平和なのはありがたいが、そろそろ退屈で我慢の限界が来てしまいそうだ。

何かしようかしら、と室内を見回すと、妖の猫であるろくが昼寝をしているのが目に留まった。六本の足を器用に折り畳んで丸くなり、気持ち良さそうに眠っている。呼吸をするたびにゆっくりお腹が膨らんでは戻っていく。耳を澄ませば微かにぷうぷうと寝息が聞こえてくる。実に平和極まりない光景だ。そんな姿を見ていると、私まで眠くなってしまう。私はふわぁ、とあくびを噛み殺した。

「ふふ、ろくは気持ち良さそうに寝ていますね」

幽霊宮女の汪蘭が唇を綻ばせながらそう言った。彼女も変わらず私のそばにいてくれていて、すやすやと眠るろくを優しい目で見つめている。

「本当ね。見ているだけであくびが出ちゃう」

そう言った時、もう一度あくびが出た。しかも、さっきよりも大きなあくびである。

つい口元を押さえて照れ笑いをした。

汪蘭もクスクスと笑っている。秋の午後らしい穏やかな時間が過ぎていく。

そんな時、扉を控えめに叩く音がした。

「失礼致します。お茶をお持ちしました」

茶器の載った盆を携えて入ってきたのは、宮女の恩永玉だ。テキパキとお茶の準備をして、湯気の立つお茶を注いでくれた。

「ありがとう。ちょうど飲みたいと思っていたの」

「朱妃、窓の近くは寒くありませんか？」

「平気よ。風が気持ちいいから」

「わあ、本当にいい風ですね」

ふわっと入る風を頬に受け、恩永玉は微笑む。

その微笑みを見ながら、私は少し前に後宮で起きた事件を思い出していた。

妖の傀儡になっていた胡嬪により、後宮に大騒動が起こってから数ヶ月。恐ろしい目にあった宮女たちだったが、変わらず私に仕えてくれていた。あの時に怪我をしてしまった恩永玉もすっかり元気だ。

思えばまだ寒い春の初めに宮女募集の掲示を見つけてからというもの、私の周囲では妖絡みの事件が目まぐるしく起こっていた。たかだか半年と少し程度の期間に随分と色々なことが起きたものだ。暇だというのは、これらのことが無事に解決し、平和になったおかげである。

やっぱり平和が一番よね、と思いながら私は恩永玉が淹れてくれたお茶を飲み、ほうっと息を吐いた。

「そうだ、朱妃。汪蘭はこの部屋にいらっしゃいますか？」

ふと、恩永玉はそう言い、汪蘭を捜すようにキョロキョロと見回している。

「汪蘭ならそこよ。ろくが寝ている横辺り」

突然名前を呼ばれた汪蘭は、きょとんとした顔で首を傾げている。

恩永玉は汪蘭がいる方向からほんの少しズレた場所に、ペコッと頭を下げた。

「汪蘭、さっきはありがとうございました！」

「まあ、わざわざお礼なんて」

汪蘭は恥ずかしそうに頬を押さえてそう言う。

「あら、汪蘭が照れてるわ。ねえ恩永玉、何かあったの？」

「ええ、実は恥ずかしいことに、宦官に頼まれていた仕事を一つ忘れていまして……。それを汪蘭がやっておいてくれたのです。おかげで叱られずにすみました。さすが、元々は陛下にお仕えしていた宮女ですね。その気遣いを私も見習わなくては」

「へえ、さすが汪蘭ね」

　私がそう言うと、汪蘭はますます恥ずかしそうに縮こまっている。その姿は、一般的な人々が想像するだろう幽霊の姿から随分とかけ離れていた。

「ほ、ほんの少しお節介をしただけです。あまり気にしないでほしいのですが……」

「いいじゃないの。恩永玉が喜んでくれているのだから」

　私と汪蘭の会話を恩永玉はニコニコして聞いている。いや、恩永玉に聞こえるのは、厳密には私の声だけであるのだが。

　恩永玉には幽霊宮女である汪蘭の姿を見ることも、声を聞くことも出来ない。しかし、汪蘭がいることを知って、今は彼女を尊重し、宮女仲間として慕っているのだ。大切な人たちがいい関係を築いてくれるのは私にとっても嬉しいことである。

「実は前々から、忙しくて手が回らない仕事や、今日のようにうっかりしていたことを誰かがやってくれていたことがありまして。その時は金苑や他の宮女がやっておいてくれたのかしら、と思っていたのです。ですが、それも汪蘭のおかげだったんでしょうね。感謝しています」

胸元に手を当て、微笑む恩永玉の姿は眩しいくらいだ。汪蘭も幽霊ながら顔を赤くしている。

汪蘭は幽霊だが、頑張れば物に触れることも出来る。これまでもこっそり宮女たちの手助けをしてくれたのだろう。

私の目は妖が見える。それも、生きている人間と同じようにはっきりと。

そのことを知られたら、宮女たちから気味悪がられ、薫春殿から離れてしまうのではないかと危惧していたのだが、全て杞憂だった。薫春殿の宮女たちの度量が広いおかげだが、それだけでなく、身近な幽霊である汪蘭が善良な幽霊だったから受け入れやすかったというのもあるだろう。

「――恐れ入ります。朱妃、少しよろしいでしょうか」

そんなやりとりの最中、キビキビとした所作で入ってきたのは金苑だった。

薫春殿の宮女たちのまとめ役で、特にしっかり者の宮女である。

「あら、金苑。どうかしたの？」

「陛下付きの宦官、凛勢様よりご連絡がございました。朱妃に執務殿までいらしてほしいとのことです」

「凛勢が？　珍しいわね」

「ご休憩中に申し訳ありません」

「ううん、ちょうど暇してたから構わないわ。それじゃ、出かける用意をしてもらえる？」

「かしこまりました」

一体何の用だろう。

私は首を捻るが思い当たらない。

付き添いとして金苑を伴い、薫春殿を出た。

執務殿は外廷にある建物のうちの一つで、その名前の通り、皇帝である雨了が主に執務を執り行っている宮殿である。

後宮から執務殿のある外廷に出るためには大門を通らなければならない。大門は固く閉じられて、複数の衛士たちが常に出入りを見張っている。基本的に後宮の女性は簡単には出られないようになっていた。

しかし今回は既に話が通っていたようだ。私の姿を見た衛士が外に向かって合図をすると、大門がゆっくりと開かれる。

大門が開いた先には雨了付きの宦官、凛勢が背筋をスッと伸ばして待っていた。私の顔を見て、お手本のような綺麗な拝礼をする。

「朱妃、お待ちしておりました。急にお呼び立てして申し訳ありません」

凛勢は雨了より年上ながら、小柄で少年のような体付きをしている。おそらく若くして宦官になったせいなのだろう。

しかも並大抵の女性なら、ポッと顔を赤らめるだろう美形なのだ。衛士ですら、凛勢にチラチラと視線を送っている。

しかし金苑はそんな凛勢に対して顔色一つ変えず、礼儀正しく挨拶を返した。さすが薫春殿自慢の宮女である。

「凛勢、何かあったの？」

「ここではなんですので、こちらに。陛下も執務殿にいらっしゃいます」

凛勢の態度からして、雨了に何かあったとか、そういう悪い話ではなさそうだ。

凛勢に付いていくと、以前にも来たことがある執務殿の一室に通される。

部屋には雨了が待っていた。

部屋の奥側にある長椅子に深く腰掛けて、手元の書類らしき紙束に視線を落としている。もうそれだけで絵にしたくなるほど格好いい。

また、部屋の隅で仁王立ちしている近衛の秋維成の姿が見えた。私に黙礼だけして護衛の仕事を続けている。女好きで軽薄な男だが、さすがに護衛中は真面目にしている様子だ。

私が到着した物音に気付いたらしく、雨了は読んでいた書類から視線を上げた。龍の血を引く青い瞳が、私を見た瞬間キラッと煌めく。黒絹のような長い髪もサラサラと揺れた。何度見ても見惚れてしまう美しさだ。

「莉珠！　急に呼び立ててしまい、すまなかったな」

快活な声になんだか嬉しくなってしまう。

「ううん、平気。暇だったから」

「本当は薫春殿まで出向きたかったのだが、凛勢が少ししか時間をくれなかったのだ」

雨了は唇を尖らせた。美丈夫だが私の前では子供みたいな表情をする。そんなところも好きだ。

「ええ、仕事が溜まっておりますので。陛下、早く本題に」

凛勢に急かされ、雨了はほらな、と言わんばかりの苦虫を噛み潰した顔だ。しかし凛勢は眉一つ動かさず澄ましている。

　雨了の向かいに座ると、雨了は真剣な面持ちで口を開いた。

「実はな、莉珠に貴妃の位を授けようと考えているのだ」

「えっ、貴妃？　わ、私が？」

　思いがけない話だったので、私は大きく目を見開き、己を指差してしまった。

　雨了はコクリと頷く。

「ああ。莉珠が後宮に入ってそろそろ半年といったところか。頃合いとしては悪くないはずだ」

　当たり前だが貴妃は妃より上の身分となるし、迦国では特別な地位のはずだ。貴妃や皇后は亡くなった後も皇帝の霊廟で共に祀られているし、歴史書にも名が残る。そして現状の後宮内で一番偉くなるわけだ。雨了の従姉妹で、公主でもある青妃よりも。

　普通に考えれば大出世なのである。

　しかし私は嬉しいよりも先に困惑してしまった。

　なんというか、そうなる自分が想像つかない。雨了の愛妃と呼ばれて半年くらい経つのだが、貴妃になる日が来るかもしれないなんて、私は考えたこともなかったのだ。

「そなたは俺の命を何度も救ってくれた。離宮での大蛇退治の件でも、兵士から女神の化身だの、龍の守護神だのと呼ばれていただろう。その話が一般にも広まっているようでな。そなたの人気が高まっている」

それを聞いて頬がカーッと熱くなる。さすがに女神の化身などと呼ばれるのは恥ずかしい。

「ちょ、ちょっと、待って。その話ってそんなに広まってるの？　は、恥ずかしいんだけどっ……！」

「人気というものは存外に大切なのだぞ。俺からの寵愛が深く、かつ一般の人気も高いそなたであれば、貴妃の位を授けるとしても、従属国や後宮に妃嬪を差し出している者らも口出し出来まい」

そういうものなのか、と首を傾げていると、凛勢が説明をしてくれる。

「龍の血を引く尊き方々は、ご存知の通り、ただ一人の愛する方を見つけると、他の異性に目がいかなくなるものです。しかし理解の浅い者も少なからずいるのですよ。特に娘を後宮に差し出している者ほどそう考えるようですね。貴妃とそれ以外の妃嬪では明確に差がついてしまいますから。娘を使い、我が国を操ろうと目論む者、または、男であれば多くの妃嬪を侍らせるのが甲斐性、などと勘違いしている下半身で動く輩も——失礼。朱妃に汚い言葉をお聞かせしてしまいました。ご容赦を。とにかく、朱妃の人気が高まっているこの機会を逃さぬうちに貴妃の位を、と陛下はお考えなのです」

凛勢の言葉に私は頷く。

「なるほど、事情は理解したわ。ただ私、貴妃が妃より偉いって程度のことしか知らないのよね。皇后が一番偉いから、二番目だったかしら」

「はい。ただ、皇后は最高位ではありますが、我が国では世継ぎの母としての意味合いが強いですね。陛下と朱妃の間にお世継ぎが生まれ、その御子が立太子したあかつきには皇后の位となりますが、それまでは貴妃が最高位であり、実質上の第一夫人と考えていただいて問題ございません」

世継ぎ、つまりは雨了との赤ちゃんが生まれたら。そういうのを考えるのはとても気恥ずかしい。いずれはそうなるのもしれないが、まだ先の話だ。それより第一夫人という言い方にドキドキしてしまった。貴妃は、妃とたった一文字違うだけではない、真に特別な立場なのだ。

「貴妃となられましたら、今より権限が大きくなります。外遊に付いていくことも可能になるでしょう。学んでいただくことも増えますが、同時にやれることも広がります。いかがでしょう」

凛勢の説明で特に私が気になったのは、外遊という言葉である。

「外遊ってことは……私が貴妃になったら、もし雨了が外つ国に行くとしても、付いていけるってことよね？」

「そうなります。本格的な戦となれば難しいこともありますが、視察などの行幸であれば。また、今日のように執務殿にいらしていただくのも、もう少し簡単になります。貴妃の権限内で陛下の執務をお手伝いしていただくことも可能になりますし、休憩の際にも陛下とお過ごしいただけます。共に過ごす時間が増えることは間違いありません」

それを聞いて、私は前のめりになった。

少しでも雨了の手伝いになれるなら嬉しい。休憩時に会えるのなら尚更だ。

「それはいいわね。私は特別なことは出来ないけれど、それでも後宮でダラダラ過ごすだけなのはあまり性に合わないんだもの。少しでも手伝えるならやりたいわ！」

まさにここしばらく、暇すぎてどうにかしたいと思っていたくらいだ。

雨了も頷く。

「ああ。これまでは夜にほんのひととき会うので精一杯だったからな。昼にも莉珠の顔を見られるようになるのは嬉しい。休憩時に莉珠に癒してもらえるならば、俺の仕事も今より捗(はかど)るだろう」

雨了が目を細めて微笑みながら言う。そう思ってくれたのが嬉しくて、私の方も頬が緩んでしまう。輝く青い瞳をじっと見つめると、雨了も私を優しく視線を返してくれる。

そんな、ほんわかした時間が流れていく――

「……ほう、陛下。そのお言葉、しかと覚えました」

ほわほわとした空気を切り裂くような冷たい声は凜勢のものだった。

「捗(はかど)るとおっしゃるのでしたら、今後はこれ以上の仕事をお渡ししても大丈夫ということですね。ちょうど、仕事は山積みでございます。こうしている間にも着々と増えておりますから」

凜勢は美しい顔でニッコリと笑った。

しかし、その笑みの冷ややかで恐ろしいことといったら。部屋の温度が一、二度下がったような気さえしてしまう。

私だけでなく雨了までブルッと震えてしまうほどだ。

「わ、悪かった。時間がないのだったな。凛勢、先を続けてくれ」

「では、詳しい説明をさせていただきます」

凛勢は表情をスッと戻す。私と雨了は凛勢に向かって、黙ってコクコクと頷いたのだった。


「やりましたね、朱妃！　とうとう貴妃に……！　本当に嬉しゅうございます」

話を終えて後宮に戻ってくるなり、金苑は満面の笑みで言った。

凛勢や秋維成のような美男子を前にしても、ピクリとも動かなかった金苑の表情筋が目いっぱい仕事をし、頬まで紅潮している。

しかし自分の声が大きかったと気付いたのか、金苑は慌てて口元を押さえた。まだこの件はすぐには公表しないことになっているのだ。まだ大門近くで、周囲には誰もいないが、念には念を入れなければならない。

「失礼しました。私は朱妃が貴妃になるのは、もちろん賛成でございます。ゆくゆくは立派な皇后になられることでしょう。その日が来るのが今から楽しみです」

金苑は小声でそう言った。

「……でも、式典が大変そうなのよね」

あの後、凜勢から貴妃の位を授かる式典について説明を受けたのだ。それを思い出して、はあ、と重苦しい息を吐く。

「楽器演奏か、舞、歌のどれかを披露する、だなんて……」

陛下から特別に愛されるほど優れた妃であることを示すために、式典にて、そのどれかを披露するのがしきたりなのだという。

公式な式典だから、入宮の儀を行った龍圭殿で、あの時よりもさらに多くの官吏や、外つ国のお偉いさんを多数呼んだ中で披露するらしい。考えただけで胃がギュッと縮む気がする。

本来なら一年程度は練習期間があるらしいのだが、雨了としてはなるべく早く、半年以内に式典を行いたいそうだ。

「情勢を考えるとちょうどいい時期ということなのでしょうが、練習期間が短いですね。朱妃はそれらのご経験は？」

　私は力なく首を振った。

「実は全然ないのよ。私、祖父から勉強は習っていたけれど、そういう教養まではちょっとね……」

　祖父は幼い私が雨了の鱗を持って帰ったその日から、いずれ後宮に入ることを想定していたらしく、読み書き計算はしっかり教え込んでくれた。しかし、祖父自身も習ったことのない楽器などは教えようがなかったのだろう。

「金苑は出来るの？」

「一応、一通りは。ただ、どれも得意というほどではありませんでした」

　宮女（きゅうじょ）になれるような家柄の子女なら、何かしらの楽器で一、二曲は披露出来るようにと習うものらしい。そういえば、朱（しゅ）家にいた頃、朱華（しゅか）は習い事に行ったり、部屋から楽器を演奏する音が聞こえたりしていた時期があったのを思い出す。こうなると知っていたら、立ち聞きでもしてこっそり練習しておいたのに。

「大丈夫です。教師を呼んでくれるとのことですし、案じることはありません」

「うん、そうね。やる前からあんまり不安がっていたら良くないわね」

「ええ。さすが朱妃です」

今後の練習は今日のように、執務殿の一室を借りて行うとのことだ。穏やかな日々もよかったが、少々暇を持て余していたところである。ちょうどいいかもしれない。

「ただ、外廷に出るためには、毎回付き添いの宮女が必要なのよね。薫春殿はただでさえ人手が足りなくて、仕事もギリギリで回しているでしょう。私の都合でもっと忙しくさせてしまうのは申し訳ないわ」

「いえ、そちらはお気になさらず。私たち朱妃付きの宮女は、朱妃のために動くのが仕事です。それに今回のことは、薫春殿の宮女たちにとっても我がことのように誇らしいのですから」

「ありがとね」

本当に、薫春殿の宮女は素晴らしい。

しかし、練習は私が思っていたより、ずっと大変だった。

琵琶、箏、そして笛。楽器の種類はいくつもあるが、よく演奏されるのはこの三種なのだという。

一流の演奏家が教師として呼ばれ、執務殿の一室にて練習を行うことになったのだが。

「えーと、こう？」

やればやるほど、教師の顔が曇っていく。

「運指が違います。そこはもっと強く、次は弱く……」

教師は何度も実践してくれるのだが、思ったように指は動かない。そもそも譜面の見方も分からないところから始まって、両手を別々に動かすことすら難易度が高い。なんせ楽器を触った経験などほとんどない。手習いを始めたばかりの幼子と同じくらいだ。ここから数ヶ月程度で、披露して恥ずかしくない演奏を行うのは難しいかもしれない。

自分でもそう思ったが、教師も同様だったらしく、各楽器を習って一週間ほど経ったところで教師たちから早々に匙を投げられてしまった。それも三種の楽器全て。

「朱妃には楽器演奏は向いていないようですね」

凛勢からもため息混じりにそう言われてしまった。思わず眉を顰めるほど酷かったらしい。

「う……ごめんなさい」

申し訳なくて縮こまりたくなる。

さすがに可哀想に思ったのか、凛勢の態度が軟化した。

「謝ることではありません。基礎からだと時間がかかるものです。星見の一族は笛の演奏に長けているようでしたので、笛ならと思ったのですが……笛を扱うには肺活量が足りていないのかもしれませんね」

従兄弟である星見の一族の生き残り、昂翔輝は子供ながら巧みに笛を吹いていた。昂翔輝の母で私の叔母にあたる昂聖樹も笛が上手だったと聞く。おそらく、星見の一族は代々笛が上手いのだろう。私にも才能の片鱗があるかも、と少し期待していたのだが。

「全然ダメだったわ……。確かに肺活量はあんまりないかもしれないわね……」

そういえば、夏の大蛇退治の後に天狗と話す機会があったのだが、天狗から笛が下手くそでしょ、と言われてしまっていたのを思い出す。歴代の星見の一族を知っている天狗から、見ただけでそう言われてしまうくらいなのだ。きっと壊滅的に才能がないのだろう。

「では、次は……」

「そうねえ、歌にしてみようかしら」

「かしこまりました。さっそく教師の手配をいたします」

「よろしくね。今度こそ結果が出るよう頑張るわ！」

――しかし歌の方もダメだった。

元々鼻歌くらいしか経験はないのだが、喉というのは生まれた時から使っているものだ。それなら練習でどうとでもなるのでは、と思っていたのだが。

「そのぅ……明るく澄んでおり、良いお声だとは思うのですが、広い龍圭殿にて端まで声を響かせるのは少々難しいかもしれません。伴奏の楽器に負けてしまうのではないかと……」

笛の時にも言われたが、やっぱり肺活量が足りないそうだ。特に歌は誤魔化し（ごまかし）が利（き）かないそうで、広い場所で披露するには相当な実力が必要なのだという。

肺活量は鍛えられるものらしいが、そもそも練習の期間が短いので、どれほどの効果が得られるか、という問題があるとのことだ。そもそも、貴妃（きひ）になる式典で歌を披露したのは歴史上でもごくわずかなんだとか。簡単なはずなかった。

というわけで、失敗である。

「あーあ、私のせいよねぇ……」

楽器同様、歌でも幾人かの教師からやんわりとお断りされてしまった私は、ガックリと卓上に突っ伏す。

何も成せていないのに時間だけは過ぎ、今日も休憩時間になってしまった。

「莉珠、気にするな。ほら、そなたの好きな甘い餡入りの包子を用意した。蒸し立てだから熱いうちに食べるといい」

雨了は気落ちした私の前にホカホカと湯気を立てる包子を差し出してくる。

練習はまったく上手くいかないが、雨了の休憩時間に、こうして一緒にお茶が出来るのは救いだった。

雨了は忙しいから、会える機会はそう多くないのだ。

雨了は夏の間、体調を崩して離宮に滞在していた。その期間中は上皇が政務を代わってくれたが、それでも全て任すわけにはいかず、ある程度は溜まってしまったそうだ。それらの遅れを取り戻すために、仕事時間が増えている。仕方ないとはいえ、忙しければ私と会える時間は減ってしまう一方だ。

だから、こうして一緒にお茶が出来る環境なのはありがたい。

私は雨了に会えたことと、好物の包子（パオズ）で、落ち込んでいた気分が上がった。

ホカホカの包子（パオズ）にパクッと食い付く。口の中に餡（あん）の優しい甘さが広がるのがたまらない。

「朱妃、お茶をどうぞ」

絶妙の間で金苑がお茶を差し出す。

適温のお茶で流しながら、また大きく頬張る。甘くて美味しい。むぐむぐと咀嚼（そしゃく）しながら、つい頬が緩んでしまう。甘いものを食べただけで機嫌がよくなるのだから、我ながら現金である。

「そなたの食べっぷりはいいな。見ていて微笑ましい。だが、頬に付けてしまっているぞ」

雨了は優しい顔をしながら、私の頬に指を伸ばして、食べかすを取ってくれた。

「あ、ありがと……」

「まあ、楽器と歌がダメでも、まだ舞がある」

「舞かぁ。私に出来るかしら」

「もちろんだ。舞こそ数えきれないほどの流派があるのだし、莉珠に向いたものも見つかるだろう」

「でも、何度も手配してもらっているのに、なかなか結果を出せないのが申し訳なくて……」

幾度目かのため息を吐きそうになる私の肩を、雨了はポンポンと叩いた。

「気にするな。早めに式典をしたいと言ったのはこちらの都合なのだから。そうだ、秋維成は剣舞が得意なのだぞ」

「へえ、すごいのね」

「秋維成、莉珠に話をしてはくれないか」

「ええまあ、構いませんが」

今日も雨了の護衛任務のために部屋の隅で仁王立ちしていた秋維成だが、雨了に呼ばれてこちらにやってきた。

「剣舞は武器を扱う延長ですね。基本的な型が近いのです。他の舞はからっきしですよ。俺には剣とこの顔しか取り柄がありませんので」

秋維成はキザったらしい手つきで前髪を払いながらそう言った。確かに顔はいいのだが、軽薄過ぎて残念な印象になってしまう。

「なるほどねえ」

と、まあ秋維成の外見の方は置いておいて、剣の実力は本物なのである。やはり得意分野に近い方が習得も有利なようだ。かといって、私が得意なことといっても、すぐには思い浮かばない。

「私じゃ基礎が出来ていないし……やっぱり舞も難しそうね」

はあ、と息を吐いた。こんな時、他の妃嬪との育ちの違いを感じてしまう。いい家柄の子女であれば、ここで躓くようなこともなかっただろうに。

そんな私に凛勢が淡々と言った。

「そうとも言えません。陛下も仰ったように舞も色々ですし、流派によっては日常で体を動かす延長の動きだけで構成されている舞もあります。そういう舞でしたら取り柄のない朱妃にも難しくはありません。教師との相性もあるでしょうし、朱妃には器用さが足りていないのかもしれませんが、人一倍の努力をしていただければ、必ず習得出来るものがあるはずです」

時折チクリとしたものを感じるが、一応励ましてくれているのだろう。多分、おそらく。

「凛勢は楽器とか舞は出来るの?」

「ええ。一応、一通りは」

控えめに頷く凛勢を尻目に、秋維成はまるで言いつける子供のようにコソコソ言った。

「朱妃、凛勢はこう言いますけど、どれも玄人はだしの実力なんですよ。呼ばれた教師も、朱妃ではなく、凛勢の視線が嫌になって断ったんじゃありませんかね。だって、自分より上手な者が目の前にいる状態で教えるのはやりにくいものでしょう」

そういえば、どの教師もやけにピリピリし、ビクついていた気がする。凛勢の綺麗な顔は黙っていても迫力があるので、そのせいもあったのかもしれない。

「へえ、凛勢ってそんなに上手なの? それなら凛勢に教わることは出来ないかしら。あ、でも凛勢は仕事が忙しいわよね」

私は思い付きを口にする。

凛勢は少し考えていたが、首を縦に振った。

「承知しました。教えるのが上手いとは思いませんが、朱妃には私が教えましょう」

「いいの？」

自分で言っておいてなんだが、まさか了承されるとは思っていなかったのだ。

「ええ。外部の教師では、信用出来る経歴かどうかの調査に時間がかかってしまいます。しかも朱妃に男性を近付けるわけにはまいりませんから、女性の教師に限定されます。そういった条件を優先するあまり、どうしても実力や教える能力が二の次になっているように感じていました。それでしたら私が教える方がまだマシかもしれません。ですが、教えるからには厳しくいたしますが、よろしいですか？」

「凛勢だもんねえ。それは覚悟の上よ。それに、今までの教師の人たち、基礎どころか、まったくの未経験って伝えると、信じられない目で見られるんだもの」

呼ばれた外部の教師も、一般的な子女のような手習いの基礎くらいは経験済みの相手に教えるつもりで来ていたのだろう。完全に未経験の私にどう教えるべきか戸惑っているようだった。それなら多少厳しくても本当に基礎の基礎から教えてもらえる方がありがたい。

「分かりました。楽器と歌はこれまでの手応えからすると少々難しいですね。舞にしましょう」

「うん、よろしく頼むわね」

「凛勢であれば安心して莉珠を任せられる。……だが、泣かせないように頼むぞ」

雨了も賛成のようだ。最後の一言がちょっぴり不穏だけれど。

「お任せください。そうですね……ただの舞より、朱妃の女神の化身という印象を強められるような、巫女舞を参考にした独自の振り付けにいたしましょうか。長い領布を振り、鈴を鳴らすのです。普通の舞より儀礼的な雰囲気を強めた方が見栄えがするでしょうね。いい機会です。神聖な雰囲気を持つ龍の愛妃を見せつけてやりましょう」

さっそく凛勢は頭を巡らせている様子だ。目がギラギラとしているし、その美貌も相まってやたらと迫力がある。

「うぐ、結局は女神の化身って呼ばれなきゃいけないのね……」

「諦めろ、莉珠。凛勢はこうなっては止まらぬぞ」

雨了はポンと私の肩を叩き、秋維成も顔に同情を滲ませながら、うんうんと頷いている。

「……腹を括るわ」

私はため息混じりにそう言うしかなかった。

それから数日後、再び凛勢に呼ばれて執務殿に向かうと、ドサッと数冊の本を渡された。

「こちらが舞の教本です。いきなり振り付けを習うより、教本を読み、頭で理解してから体を動かす方が朱妃には向いているのではないかと思います。しばらくはこの教本を読み、内容を完全に覚えていただきます。今回の舞は蝶舞（ちょうまい）を下地に、巫女舞（みこまい）の振り付けを足した独自の舞にする予定です。誰でも出来る振り付けの組み合わせのみで、跳ね回ったり、足を高く上げたりするような難易度が高い動きは入れません。そのため、そのままだと華やかさが欠けてしまいます。そこを補うために、領布（ひれ）を振り続けていただく必要性があります。ずっと領布（ひれ）を振り続けるのは相当大変ですので、上腕を鍛えるのも同時にお願いします。領布（ひれ）の振り方も教本にあります」

さらに姿勢を正すとか、体感を鍛えるようにとか、一息に言われ、目が回りそうになってしまった。

チラッと開いてみた教本は、びっしりと細かな字で舞の理論が書いてあるようだ。

「わ、分かったわ」

顔を顰（しか）めそうになったが、確かに凜勢の言う通り、本を読んで理解してからの方が出来そうな気がする。

「では、これを十日で読んできてください」

「と、十日ぁ⁉」

思わず声が裏返った。

「はい。十日後にどれだけ覚えているかの確認をします。それから教本の内容を実践で練習していただきます」

この分厚い本を全部。目を通すだけでも十日以上かかりそうだが、凜勢は覚えてこいというのだ。さらに同時進行で筋肉を鍛える必要がある、とな。

「それから舞の拍子を体に覚えさせましょう。私は後宮に入れませんので、代わりの者を用意します。私の補佐役に魯順（ろじゅん）という宦官（かんがん）がおります。彼に手拍子を打ってもらうよう頼んでおきます。毎日一定時間は魯順の手拍子を聞いていただき、体に舞の拍子を染（し）み込ませます。よろしいですね」

立て板に水を流したような凜勢の言葉を聞いているだけで、頭がクラクラしそうだった。思っていたよりもさらに厳しい。

「厳しいとお思いでしょう」

「うっ……」

思考まで完全に読まれている。

「ですが、私としてはこれでも優しい方です。陛下から朱妃を泣かさないように仰(おお)せつかっておりますので」

これで優しいと言うなら、凛勢が本気で厳しくした場合はどれほどのものだろう。考えたくもない。

「それから朱妃付きの宮女(きゅうじょ)の……金苑でしたね。細長い絹の布を用意してください。長さの異なるものを数枚」

「はい。かしこまりました」

「朱妃には長い絹布を用いて、領布(ひれ)を振るう練習を毎日してもらいます。食事と睡眠時を除き、教本を読むか体力作りをする、領布(ひれ)を振るのどれかをしてください。遊ぶ時間はしばらくありません。よろしいですね」

付き添いの金苑にチラッと視線を向ける。あの金苑ですら頬が引き攣(つ)っているほど厳しい。

「いいですか、舞は美しい所作にも繋がります。この機会に体で覚えておけば、朱妃が貴妃になり、また皇后になってからも役に立つでしょう。私は朱妃ならば出来ると信じております」

暗に私に出来るギリギリを探っている気がしたのだが、やると言ったからにはやるしかない。最初から厳しいと分かっていて凛勢に頼んだのだから。

「やってやろうじゃない！」

拳を握ってそう言うと、凛勢は満足そうに頷く。

「朱妃、そろそろ陛下も休憩の時間です。これからしばらく教本を詰め込んでもらいますが、今日くらいは共に時間を過ごしてください」

飴と鞭、いや鞭鞭鞭からの飴、といった具合だが、凛勢も鬼ではなかったらしい。顔を合わせた雨了は、げっそりした私と似たり寄ったりの顔をしていた。やっぱり鬼かもしれない。

「雨了も大変なのね。凛勢の厳しさがちょっと分かったわ」

「ああ……。まあそれもあるのだが、今日はそれだけではなくてな」

明朗快活な雨了にしては、珍しく言葉を濁して言いにくそうにしている。

「何かよくないことがあった？」

「いや、それほどでもないのだが。以前、後宮の整理をすることを伝えていたな」

私は頷く。

妃嬪の大半は人質として後宮にいるのだと聞いている。青妃や、そしてかつては胡嬪もそうだった。

胡嬪の一件もあり、彼女たちの先の人生を考えて後宮を整理し、今後は妃嬪を減らす方向だと、以前雨了が説明してくれた。

確かに何年も閉じ込められていれば、鬱憤も溜まるはずだ。雨了と同じ年頃の妃嬪にとっては花盛りの大切な時期である。少しでも早く解放出来たら、と雨了も考えているのだろう。

「それで、まず蓉嬪を親元に返すことにしたのだ。彼女の父はこの十年、特に俺に身を尽くしてくれたからな。俺もその気持ちに応えようと思う」

「へえ、蓉嬪を」

顔は知っている。しかし挨拶を交わしたことがある程度で特に親しくしてはいなかった。人となりもよく知らない。

「それで何か問題があるの？」

「ああ、その噂を聞き付けたらしく、今度は馬理の族長が妃嬪として身内を差し出したいとうるさくてな。一人減らしたから一人増やすと思っているのだろうか。春頃に反乱の兆しがあったのを覚えているか？　実質上の人質を差し出すことで、改めて詫びと恭順を示したいとのことだ。おそらく、受け入れなければもっと面倒なことになるだろう」

はあ、と雨了はため息を吐く。

「俺にはそなたがいるから、他の妃嬪は不要なのだ。だが、どうしてもその気持ちを理解してもらえないこともある。皇帝とはいえ若輩の俺では、他国の要望を完全に突っぱねられないこともあるのだ。そなたが貴妃になれば、周囲も脈なしと考えるのではないかと思っていたのだが……」

雨了は私に向き直った。真剣な面持ちをしている。

「後宮の整理を終え、俺の愛する妃はそなただけなのだと示すにはもう少し時間がかかってしまう。だが、俺の気持ちは変わらない。どれほどの美女を送り込まれたとしても、愛しいのは莉珠だけだ」

それを聞いて、私は飲んでいたお茶の味も分からなくなり、ごくりと飲み下した。

「あ、あのね。ちゃんと分かってるよ。それに私も同じ気持ちだし……」

そう言いながらも、カーッと頬が熱い。心臓もどくどくと激しい音を立てている。

私は雨了がそう思ってくれているだけでじゅうぶんなのだ。

「それに、青妃のこともあるでしょ。青妃は体が弱いし、後宮から出るのは難しいって本人も言っていたわ。そんな青妃を追い出す形になるのは可哀想だし、他の妃嬪のことも焦って失敗しないようにしないと。彼女たちの人生がかかっているのだから、慎重に進めてほしいわ。馬理の妃嬪が来ても、なるべく私が気にかけるようにするから」

「忙しいのにすまない」

「ううん。雨了の方がずっと忙しいでしょう」

私は手を伸ばして雨了の眉間をつんと押した。

「ほら、そんな顔ばかりしてたら、ここに皺が出来ちゃうじゃない。そうなっても雨了は格好いいままだけどさ」

すると雨了はクスッと笑い、私の両頬を引っ張った。

「莉珠の方は最近、ここがよく伸びるようになったのではないか？　餅のような頬だな！」

「いひゃいってば、もーっ！」

楽しいじゃれあいに、私と雨了はクスクスと笑い合った。

薫春殿に戻ってからは、ひたすら舞の教本を読む日々を送っていた。

それから凛勢が言っていたように、魯順という若い宦官が薫春殿にやってきて、一定間隔での手拍子をずっと打ち続けている。彼が手を叩く音が耳の中でこだましてしまいそうだ。正直、手は大丈夫なのかと心配になるほどである。

そんな音を聞きながらでは、思うように教本に集中出来ない。しかし、この拍子を体に染み込ませるために必要と言われているのだから仕方がない。

落ち着かない気持ちでしばらく読み進めていると、恩永玉が部屋にやってきた。これ幸いと教本を閉じ、魯順にも休憩をさせることにした。

「朱妃、蓉嬪の使いの宮女からお茶のお誘いがございました。一度ゆっくりお話しをしたいそうなのですが、いかがなさいますか？」

それを聞いてもうすぐ蓉嬪は後宮から出ていくという話を思い出す。舞の本を読むのに忙しいが、蓉嬪がこの決定について、どう考えているのかも聞いてみたい。

「……うーん、そうね、最後になるかもしれないものね。薫春殿に招いてもいいかしら」

遊びではなく、妃嬪としての責務と考えれば、ここは話を受ける一択である。

「かしこまりました。蓉嬪のご予定を伺っておきますね」

そして互いの予定をすり合わせてお茶会をすることになった。

蓉嬪とは挨拶以外の言葉を交わしたことはない。長い黒髪が美しく、大人びた雰囲気の人、という外見の印象しかない。何を話そうか考えていると、にわかに外が騒がしくなった。蓉嬪が到着したようだ。

「あの、朱妃。蓉嬪がいらっしゃいました……ですが、その」

呼びにきてくれた恩永玉が、なんとも言いがたい、不思議な顔をしていた。

目をぱちぱちさせながら、何度も扉の方を振り返っては首を傾げている。

「どうかしたの？　何か嫌なことでも言われた？」

「い、いえ……そういうわけではないのですが」

聞いても、首をブンブン横に振り、言葉を濁す。

「そう？　私の大事な宮女に何かされたら許せないけど。困ったことがあったら、正直に言ってちょうだい」

「ほ、本当に違うのです。ですが、私ではなんと申していいか分からず……も、申し訳ありません！」

恩永玉の態度からすると、嫌味を言われたとか、いじめられたとかではなさそうだ。

「恩永玉に謝ってほしいんじゃないのよ。何もされてないならいいんだし。とりあえず蓉嬪に会ってみましょうか」

恩永玉と共に、蓉嬪が通されている客間に向かった。

そして蓉嬪の姿を一目見た私は、口をポカンと開けた。先程の恩永玉の、複雑そうな、なんとも言えない顔の理由を理解したのだ。

「朱妃、本日はお忙しい中、お時間を取っていただき、誠にありがとう存じます」

上品な仕草で深々と頭を下げる蓉嬪。

私は彼女を見て、返す挨拶の口上も忘れ、まじまじと見つめた。その、頭の上を。

蓉嬪の髪は縦にも横にも大きく、塔かなにかのように高々と結い上げられていた。

さらにギラギラと眩しい金に宝石がゴテゴテと付いた髪飾りが、これでもかというほどに挿してある。

よく頭を下げた後に再び持ち上げられるものだ。そう感心してしまうほど重そうなのである。

さらに、肌は顔だけでなく首や手の甲まで真っ白く塗られ、対照的に目の周りは真っ赤に縁取られている。もはやお化粧と言っていいものだろうか、鼻を強調する線まで書き込まれ、目は筆のような付けまつ毛で強調されていた。まるで孔雀だ。

着ている物も白地に赤と金糸でギラギラしている。間近で見ると、目が痛いくらい派手な代物だった。もう全身、上から下までギラッギラである。

「ええと……蓉嬪、よね」

おそるおそる、そう尋ねてしまった。

「はい。以前にもご挨拶をさせていただきましたね。嬪の位を授かりました蓉照(ようしょう)でございます」

その声はごく普通で、私が不躾(ぶしつけ)なことを尋ねても気分を害した様子はない。

確かに、以前挨拶された時もこんな感じの声だった気がする。声で判断するしかないほど、普段の面影がなかったのだ。

私は背後に控える恩永玉にチラッと視線をやる。このせいで変な顔をしていたのだ。

恩永玉もその通りだと言うかのように、小さく頷くのが見えた。

「え、ええと……蓉嬪は……その……」

どうしても蓉嬪の奇を衒った格好に視線が吸い寄せられ、普段通りの態度を取るのが難しい。そして私は遠回しに聞くのが苦手なのである。

「いいえ、まどろっこしいのは苦手だから単刀直入に聞くけれど、その格好は貴方の趣味なのかしら？」

率直にそう問えば、蓉嬪は口元を押さえ、クスクスと笑った。

「趣味ではありません。ですが、少しでも朱妃の興味が引けたのなら成功したと思っています。正直に申し上げますと、本日は朱妃に売り込みに参りました」

「売り込み……？」

蓉嬪は座ったまま器用に袖を翻し、小首を傾げた。そうすると途端に雰囲気が変わって見える。

「これは舞台化粧です。こうして日中の明るい中、至近距離で見るとおかしく見えるかもしれませんが、薄暗い舞台上では視認性が高く、遠くから見ても見栄えがするのです。髪や衣装もそうですね」

「なるほど……それは目立たせるためのものなのね」

「はい。近々、朱妃が貴妃の位を授かる式典が行われるのでしょう。わたくしはそれまでに後宮を出ることになり、式典を見届けられないのが残念でなりません。それで、今回こちらをご提案しに来たのです」

　私はそれを聞いて目をぱちくりとさせた。

「それはまだ公表していないはずだけど……どうして知ったの？」

　薫春殿の宮女には緘口令を敷いている。どこからか漏れたのだろうか。

「いえ、聞いたのではありません。朱妃は陛下の愛妃なのですから、遠からず貴妃になるのは当然でございましょう。そして、朱妃が最近たびたび後宮の外に向かわれているとなれば、貴妃になるための準備を進めているとしか考えられませんから」

　他の妃嬪にもそう思われているでしょうね、と言われ、私は頭を抱えた。

「そ、そうだったんだ……」

　そ知らぬ顔をしていたつもりでバレバレだったのは恥ずかしい。

「ええ、そしてわたくしの故郷は染料や顔料の産地なのです。ひいては化粧品もですね。この舞台化粧はどうです？　白粉も他とは違い、白く輝くようでしょう。紅の発ど光栄なのですが」

「ええと……そういうのは私が決めることじゃないのよね。だから売り込まれても困るというか……」

　それに素顔が分からなくなるほどの化粧はしたくない。

「さようでございますか。朱妃もご存知の通り、わたくしは近いうちにこの後宮から出ることになっております。もしも朱妃に我が故郷の品を使っていただけたなら、最後に素晴らしい親孝行になると思っていたのですが」

　蓉嬪はかくんと肩を落とし、顔を俯けた。そうすると派手な舞台化粧の顔が悲しみに暮れているかのように変化をする。角度を変えることでそう見えるように計算された化粧なのだ。この化粧をしたいとは思わないが、技術は素晴らしいと感心していた。

「わたくしが後宮に入っている間、両親にも長らく寂しい思いをさせました。後宮を出た後にはもう結婚が決まっております。親孝行の機会もありません。わたくしは妃嬪としての責務は果たせませんでしたが、せめて両親の喜ぶ顔が見たかったのですが……」

そんな話を聞くとあまりにそっけなく断るのも、少し申し訳ないような気がしてしまう。彼女は長いこと、この後宮で無為な時間を過ごしたのだ。家族や友人と引き離され、やりたいことも我慢し、辛いこともあっただろう。

「その……蓉嬪も長いこと大変だったわよね」

「朱妃、どうかお気になさらず。わたくしも両親も、陛下に思うところはありません。今後も身命を賭して忠誠を誓います。ただ、わたくしが後宮を出るとなると、仕えてくれた宮女を残していくのが心配で……。そこで朱妃にお願いがあるのですが、行く先の決まっていない宮女を薫春殿で面倒を見ていただけませんか？」

「え？　うーん……」

私は腕を組む。

「もちろん全員とは申しません。一人でも構わないのです」

ふと、忙しそうな金苑や恩永玉の姿が思い浮かぶ。少ない人数で懸命に頑張ってくれているのだが、執務殿に向かう際には付き添いも必要になっており、宮女はせめてもう一人くらいは欲しいところだった。

「そうねえ、薫春殿も人手が足りないし、一人くらいなら……」

そう言うと、蓉嬪はパッと顔を上げた。

「ありがとうございます！　是非ともよろしくお願いいたします」

「あ、でも、薫春殿の宮女と仲良く出来るかしら。ほら、性格の相性なんかもあるでしょう。それに口が固い子じゃないと難しいのだけれど」

「ご心配には及びません。少しの間ですが薫春殿にいましたし、そこの恩永玉の同期の宮女ですから」

蓉嬪はにこやかな顔で私の後ろにいる恩永玉を示す。

「え……？」

今更ながら嫌な予感が背中を這っていた。

「そ、その宮女って、もしかして」

「ええ、蔡美宣です。面倒を見ると言っていただけて嬉しゅうございます。これでわたくしも心残りもなく、後宮を去ることが叶います。どうか蔡美宣をよろしくお願いいたしますね」

「……うっ！」

してやられた。おそらく、最初に化粧の売り込みを断らせ、その罪悪感を利用されたのだ。彼女の本命の要求は、薫春殿に宮女を一人引き取らせることだったのだろう。まんまと目論見に嵌まってしまった。しかし一度面倒を見ると言ってしまったのは事実。

「まあ、では、蔡美宣が薫春殿に戻ってくるのですね！　もう一度共に働けるのは嬉しいです！」

そんな風にニコニコ微笑む恩永玉を見てしまったのもあって、やっぱりなしとは言いにくい。

「お礼にこの衣装一式と、朱妃と、薫春殿の宮女の人数分、自慢の白粉や紅を差し上げます。衣装の方は何か余興にでも使ってくださいませ」

白粉や紅はともかく、衣装はきっと不必要だから置いていくのだ。使い途が限られており、蓉嬪も嫁ぐ予定があるから、なるべく身軽にしたいのだろう。

「ああもう……仕方ないわね。でも蔡美宣があんまりにも怠けるようなら、首にするかもしれないわよ」

「どうぞご随意に。ですが、蔡美宣はああ見えてなかなか仕事が出来ますのよ。この髪や化粧をしたのも、衣装を選んだのも全て蔡美宣でした。どうぞ上手く使ってくださいまし」

蓉嬪のギラギラした格好はともかく、化粧にはかなりの技術を感じていたので少しだけ見直した。あくまでほんの少しであるのだが。

しかし、蓉嬪は大人しい人としか思っていなかったが、実際はこれほど強か（したた）で賢い人であったとは。きっと後宮から出て結婚した後も自力で幸せを掴めるだろう。それが分かっただけで話した甲斐がある。もっと早いうちから話していれば、もしかしたら仲良くなれたのかもしれない。それが少しだけ残念だ。

話すうちに蓉嬪の奇怪な格好にも見慣れてしまい、お茶会はつつがなく終了したのだった。

それから少し経ち、私が舞の教本をなんとか読み終えた頃、蓉嬪はひっそりと後宮から去っていった。

「――というわけで、本日からよろしくお願いしますわ」

にこやかに笑う蔡美宣とは裏腹に、金苑は苦虫を噛み潰したような顔をしている。

なんと蔡美宣は初日から遅刻をしたのだ。しかし当の本人はケロッとした顔で、申し訳なさそうにすらしていない。

やっぱり蓉嬪から体よく押し付けられただけじゃないかしら。

ついついそう思ってしまったのだった。


凛勢に言われた通り、たったの十日で何とか舞の教本を頭に詰め込んだ私は、ようやく実践練習を開始した。

しかし手も足も思うようには動かない。もたもた、よろよろと足踏みをするので精一杯だった。踊りの形には程遠い。

舞の理論が頭に入っていたところで、体がついていかなければ踊れるはずもなかったのだ。

凛勢にビシバシとしごかれて、半泣きで初回の練習を終えた。

しかも間の悪いことに今日は雨了がとにかく忙しく、休憩時間に顔を合わせることも出来なかった。

厳しさの後に、雨了という癒しがないのは正直なところ辛い。あの大きな手でわしわしと頭を撫でてもらえれば元気が出たのに。

「朱妃、お疲れ様でした」

「凛勢……上手く出来なくてごめんなさい」

私は肩を落として凛勢に言った。

「いいえ、初日としてはじゅうぶんな出来です。振り付けの完成もこれからですし、どうしても難しい場合は調整します。しかし、本当に教本を暗記したのですね」

「え？　凛勢がやれって言ったんでしょう。でも、理論だけじゃ、やっぱり踊れないわ」

凛勢は私の顔をじっと見た。

「実は、全て暗記するのは無理だったと言われることも想定していました。しかし、さすがですね。朱妃は潜在的な能力が高いのでしょう。素晴らしいことです」

凛勢から突然褒められて、嬉しいよりも困惑の方が大きい。

凛勢は基本的に厳しく、人を褒めることはそう多くない。何か企んでいるのだろうかと深読みしてしまう。

「と、突然なんなの？　ちょっと怖いんだけど」

「おや、そんなに怯えないでください」

凛勢は薄い唇の両端を吊り上げ、部屋の隅にいる魯順に合図を送った。

するとと魯順は、部屋から出て行き、すぐさま分厚い本を何冊も抱えて戻ってくる。

凛勢は唇に微笑みを刻んだまま、魯順が抱えている本を指し示した。

「朱妃には貴妃になるまでに、政治や経済のことも覚えていただきたいことがございます。次はこちらを読んでください。こちらの本に関しては一文一句全てを暗記せよとは申しません。内容を理解して覚えていただけたら、それだけでじゅうぶんですので」

「ほらぁ、やっぱりぃ！」

凛勢がただ褒めることなどないのだ。

魯順の抱えた本は十冊近くあるし、どれも相当の分厚さだ。宦官の中でも特に小柄で、宮女と変わらない体格の魯順では運ぶだけでも大変そうな量である。

「舞の稽古も大事ですが、政治や経済に関しての見聞を広めるのも大切です。ゆくゆくは陛下と共に執務を担っていただくためにも必要ですから。こちらは十日とは言いません。ゆっくりと、貴妃の式典までに読み終えてください」

「式典っていつなの？」

「まだはっきりとした日取りは決まっておりませんが、半年以内には」

「ということは、舞の練習もしながら、半年以内にこの量を……」

はああ、とため息が零れる。

「大丈夫、朱妃なら出来ます。何しろ舞の教本をたったの十日で暗記してきたのです。それほどの努力と才覚がおありなのですから、これくらい簡単でしょう」

簡単なわけはない。

しかしやるしかないのだろう。

愛妃も楽ではないと今更ながら認識したのだった。

第二章

青妃から呼ばれ、私は久しぶりに青薔宮を訪れた。

「朱妃、来てくれて嬉しいわ」

青妃は愛らしい微笑みを浮かべ、甘えるように私にしなだれかかる。

体の弱い青妃は夏の暑さでしばらく体調を崩していたが、涼しくなって回復してきたのだろう。夏に比べれば随分と顔色がいい。

「こちらこそ、夏の間はろくの面倒を見てくれてありがとうございました」

青妃には夏の間、離宮に赴いていた私の代わりにろくの面倒を見てもらっていた。

青薔宮の宮女にはろくに餌をあげるだけでなく、円茘にお供えとして甘味を持っていってもらい、色々助かったのだ。

「まあ、そんなこと気にしないで」

ふ、と微笑む青妃は、見た目には少女のようなあどけなさがあるが、実際は私より年上で、雨了と同い年の従姉妹なのである。角度によって色が変わる宝石のように、無垢な少女にも年相応の妖艶な美女にも見える、不思議な雰囲気の女性だ。

「世話をしたのはわたくしではなく宮女たちですもの」

「でも、青妃のおかげで何も心配することなく離宮に滞在出来たのは事実ですから」

「貴方の猫――ろく、だったわね。わたくしの側には全然来てくれなかったけれど、外で何度か狩りをしているのを窓辺から見かけたわ。ほら、たまに外をうろちょろしている黒いのがいるでしょう」

話だけ聞くと、宮女が嫌がる黒い害虫でも狩っているように聞こえるだろうが、ろくは妖の猫なのである。外をうろちょろする黒いの、とはおそらく淀みのことだろう。雨了が浄化してから数を減らしたが、それでもどこからともなく発生してくるのだ。

「あの黒いのって、わたくしではどうしようもないけれど、いるだけで厄介でしょう。ろくが退治してくれて助かったわ。偉い猫ね」

私はろくを褒められて、つい微笑んでしまう。

「ええ！　ろくはすごいんですよ！　賢くて強いし、私のことも守ってくれるんです」

「しかも愛らしいものね。あの黒いのを狩っていたからかしら。夏の間に少し大きくなった気がするわ」

「そうかもしれません。私が後宮に連れてきた頃はまだ子猫っぽさがありましたが、そろそろ成猫になる頃合いでしょうか」

最近では毛並みもますます美しく、黒い毛が艶々と輝くのだ。賢いし、粗相もしない。結構な大物を仕留めたこともある。仕留めた獲物を自慢げに見せてくることだけは玉に瑕であるのだが。

「そうそう、離宮での話を聞かせてちょうだい。わたくし、外の話に飢えているの」

青妃は私の袖を軽く引き、まるで幼子のようにせがんでくる。

「せっかくだもの、女同士の内緒話もしましょうね！」

青妃は最初からそのつもりだったのだろう。人払いまでされて、連れてきた薫春殿の宮女も別室に連れて行かれてしまった。

悪気はないのは分かっているのだが、青妃はどうにも自分勝手に物事を進めようとするところがある。こういうところが汪蘭から少し我儘と言われてしまう所以なのだろう。

「あちらでは色々と大変だったとは聞いているわ。でも離宮の温泉はよかったでしょう。それから、雨了との仲は進んだのかしら」

最後の言葉はそっと耳打ちされた。顔がボッと熱くなる。私を揶揄って楽しんでいるのだ。

ニマニマとしている青妃に私は唇を尖らせる。しかし彼女は気にした様子もない。

「唇を尖らせても愛らしいけれど、そんなに怒らないで。そうそう、朱妃はそろそろ貴妃になる準備をしていくのでしょう？」

雨了と同じ青い瞳で見透かすように微笑まれると、つい怯んでしまう。幼い頃に会った雨了によく似ているせいかもしれない。

「やっぱり青妃も気付いていたのですか。蓉嬪――いえ、蓉照にも同じようなことを言われました」

嬪の位を返上し、後宮から出ていった彼女のことを思い出す。

「わたくしの方は一足先に雨了から相談されていたのよ。わたくしからも早く貴方を貴妃にさせた方がいいと伝えたわ」

「そうだったのですか」

「蓉照は聞いていなかったはずだけれど、カマをかけられたんじゃないかしら。あの子はなかなかに強かだったから。わたくしはあの子のことが嫌いではなかったわ。互いの立場的に仲良くしてはいけなかったから、ほとんど交流は出来なかったのよね。ほんの少しだけ、残念だけれど、後宮から出たからには幸せになってほしいわ」

　私もそれには同意見だ。

「まあ雨了は貴方のところにしか通わないんだもの。後宮に長くいればその意味が分からないはずはないわ。貴方は本当ならすぐに貴妃になってもおかしくなかったのよ。きっと、根回しに時間がかかっていたのでしょうね。雨了は従属国からは、まだ皇帝になって間もない青二才だと思われているから」

　従属国と言われて真っ先に浮かぶのは馬理である。私が後宮に来てそう間もない頃に反乱の兆しがあるとのことで、雨了が直々に赴いて解決したのだ。その際の詫びと恭順の証として、馬理から近々妃嬪がやってくると聞いている。

「そういえば、青妃は馬理から来る予定の方をご存知ですか？」

　そう尋ねてみたが、青妃はフルフルと首を横に振った。

「いいえ、それが知らないのよね。わたくし含め、雨了と年齢が近い妃嬪は、幼い頃から妃嬪候補として交流があったものなの。蓉照もそう。けれど、馬理とはそういうことがなかったから、近い年頃の娘がいないのだと思っていたのよね。先の反乱の件で代表の族長が変わったらしいから、そちらの身内なのではないかしら。馬理は複数の氏族からなる国で、白琅なんかの他の従属国ともまた毛色が違うのよね」

青妃は小首を傾げてそう言った。

私は凛勢から渡されている政治や経済に関する本にあった従属国の内容を思い出す。馬理は迦国の西方に位置し、そこそこの広さを持つが、農業に適さない土地が多いそうだ。代わりに牧草が豊かに生えることから名馬の産地なのだとか。それ以外の産業もほぼ牧畜で、氏族ごとの放牧地を持ち、季節ごとに移動する遊牧民族であるそうだ。そのため、国を治めるのは一人の王ではなく、氏族ごとに長がおり、その中の一人が馬理の代表として迦国との窓口になっている、と本には書かれていた。

「まあ、どちらにせよ、わたくしは立場上あまり仲良く出来ないでしょうから。その馬理の妃嬪は朱妃が気にかけてくれるかしら」

「ええ、そのつもりです。蓉照も面白い人で、もっとたくさん話しておけばよかったって思いましたから。馬理の妃嬪とも、出来れば仲良くしたいですね」

そう言うと、青妃は鈴を転がしたように笑った。

「そうね。本当に朱妃は可愛らしくて好きよ。さてと、そろそろお話ではなく遊びましょうか」

そう言いながら立ち上がる。

「へ？」

私は青妃とお茶を飲んで話をするだけのつもりだったのだが。

しかし青妃はがっちりと私の腕を掴んで放さない。

「朱妃は着せ替え人形で遊んだことってあるかしら？」

「い、いえ、ないですけど」

「あらそう。それじゃ、遊び方を教えてあげなきゃね」

くすくす、と笑いながら、チラッと私に流し目をしてくる青妃。

猛烈に嫌な予感がする。

私は背筋に汗が流れるのを感じた。

「す、すみません、私そろそろ帰ります。凛勢から渡された本の内容を読んで覚えないといけなくて……」

「だぁーめ。放さないわよ、わたくしのお人形さん」

青妃は私にその愛らしい顔を近付け、甘ったるく囁く。

予感的中。

こうなるとしばらく帰してもらえないだろう。

「こっちよ」

青妃の手を振り払えず、大鏡の前に連れてこられてしまった。周囲には煌(きら)びやかな布がどっさりと積まれている。

「さあ、お着替えしましょう！　貴方に試したい着物も宝石もたくさんあるの。朱妃の肌色を一番綺麗に見せてくれる色を見つけないとね。宝石はどれが一番似合うかしら。今から決めて仕立てておかないと、貴妃(きひ)になる式典に間に合わなくなってしまうわ」

「えぇーっ！　ま、待ってください。これを着るんですか？　まさか、全部？」

私は布の山を見て青ざめる。

「大丈夫、わたくしが貴方を一番素敵に見せてくれるものを選んであげる。ふふふ、今回は雨了にも許可を取っているから安心してね。つまり、邪魔は入らないってこと。ああ、わたくし、お人形さん遊びが大好きなの。朱妃とたくさん遊ぼうと思って、うんと用意させたわ！　宝石は雨了の母君からもお借りしているのよ。さあ、わたくしに身を委ねてちょうだい」

それから数時間、私は青妃が満足するまで着せ替え人形役をさせられた。

一応、大義名分として、貴妃（きひ）になる式典用の衣装選びということではあるのだが、どう考えても大半は青妃の趣味だったと思う。

何度着替えたか分からなくなるくらい着物を着せられ、布を被せられる。大粒の宝石が付いた指輪や真珠を連ねた首飾り、帯留めなどがあちこちに転がるのは信じられない光景である。

青妃の着せ替え遊びが終わる頃には、私はげっそりとやつれてしまった気がしたのだった。


それからしばらく。凛勢も仕事が忙しいとのことで、舞の練習は少しの期間休みになっていた。とはいえ、魯順の手拍子を聞きながらの自主練は必要不可欠である。

先に理論を知ったせいか、何度も自主練を繰り返すことで、わけも分からず手足を動かしていた頃に比べれば一歩前進だろうか。それでもなんとなく変なのだが、どこがおかしいのか分からずじまいである。私は手を止め、額の汗を拭った。

「ねえ、魯順はずっと手拍子を打っていて疲れないの？」

凛勢から命じられたとはいえ、魯順は嫌がることなく、ひたすら手を叩いている。まったくズレることなく手拍子を打ち続けるのは、相当大変だろう。

しかし、魯順はプルプルと首を横に振った。

「い、いえ。平気です！　僕は雑技団にいたことがあって……まだ芸を見せられない子供の頃には、よくこんな風に稽古の手伝いで手拍子を打っていたんです。懐かしいくらいですよ」

魯順は女性と聞き間違えそうなくらい甲高い声でそう言った。宦官は年齢を推測しにくいものだが、魯順もまるで少年のような外見である。もしかすると、これまで見た宦官の中でも一番若いかもしれない。そして、前歴も随分と変わっているらしい。

「へえ、そうなのね。いつも手拍子がまったくぶれないから、すごいと思っていたのよ。でも、そろそろ休憩にしましょう。いつも練習に付き合ってくれてありがとう」

「は、はいっ！」

魯順は真っ赤にした顔を伏せてしまった。

仕事はとても出来るのだが、どうやら恥ずかしがり屋のところがあるらしい。宮女相手にも同じような反応をしているのを見たことがある。

「さてと、気分転換に散歩にでも行きたいわね」

天気もいいので、恩永玉と汪蘭を連れて散歩に出かけることにした。

特に目的がないのでおしゃべりしながらてくてく歩き、比較的広い道まで来た。

恩永玉がふと顔を上げる。

「そういえば、この道をまっすぐ行ったところにある建物に、馬理から来た妃嬪が入られたそうですね」

蓉嬪が後宮を去ってしばらく、入れ替わるかのように馬理から黄嬪がやってきたのだ。

「黄嬪ね。建物の名前は輪鋒館だったかしら」

馬理からやってきた黄嬪が後宮入りすることになったのが急だったため、建物の準備がかなりギリギリになってしまったと聞いている。

そういえば、私の時もかなり急に入宮したのだったと思い出す。後宮に入る時はどうしてもバタバタしてしまうものなのだろう。

「朱妃は黄嬪の入宮の儀に参加されていましたよね。どのような方でしたか？」

汪蘭も気になったのか、そう尋ねてきた。

「うーん、儀式では離れたところから見ただけだから。背が高くて髪が茶色かったということくらいしか印象に残っていないのよ。馬理の人の髪は大半が茶色らしいわね」

黄嬪は入宮の儀においてもそつなくこなしていたように思えた。

私の時は妖（あやかし）に気を取られたせいで転んでしまったのだ。恥ずかしいことまで思い返し、頭を抱えたくなる衝動と戦いながらも平静を装ってそう答えた。

あ、と恩永玉は言う。

「先日、黄嬪付きの宮女（きゅうじょ）は見かけましたよ。馬理から黄嬪に着いてこられた方だそうで、私と近い年頃のようでした。確かに茶色の髪をしていましたね。仲良くなれたら嬉しいのですが、まだお話しする機会がなくて。でも、話しかけても大丈夫でしょうか」

「もちろんよ。来たばかりで困っていることも多いでしょう。恩永玉も、もし会えたら気にかけてあげて」

「はい！」

そんな話をしていると、道の端に宮女が五、六人ほどたむろしているのが見えた。

名前は知らないが、私が後宮に来たばかりの頃、わざと聞こえるように嫌味を言ってきた宮女たちだ。

雨了の御渡りがあってからは、表立ってヒソヒソされることはなくなったが、まだああやって噂話に花を咲かせているらしい。彼女たちには、今もいい感情はなかった。

「……ねえ、あっちの道から行かない？　汪蘭もいることだし」

迂回するのはシャクだが、この道の先に用があるわけでもない。

あの宮女たちにはあまり関わりたくないし、人のいるところでは汪蘭に話しかけにくいもある。幽霊宮女の汪蘭は見えず、声も聞こえない人が大半なので、汪蘭を交えた会話を聞かれると変に思われてしまうのだ。

「朱妃、待ってください。あの人たち……ちょっと様子がおかしくありませんか？」

当の汪蘭が怪訝な顔をして足を止め、宮女たちの様子を窺っている。

「え？」

そちらに再度視線を送ると、楽しげな談笑ではない、妙に刺々しい会話が聞こえてきた。喧嘩でもしているのだろうか。

「ちょっと、通してくださいっ！　道を塞がないでっ！」

不意に高い少女の声が聞こえた。さらにクスクス、と笑う声。楽しい笑い声ではない、嘲りが含んだ笑い声だ。

「あーら、今何か聞こえたぁ？」

「知らないわ。羊がメェメェ鳴いているのではなくて？」

「本当、何だか臭いものね。ここ、家畜の臭いがするわぁ」

宮女の一人が、わざとらしく自分の鼻を摘んでいる。

その雰囲気は宮女同士のただの諍いという感じではなさそうだ。

どうやら、あの嫌味な宮女数人に囲まれて、嫌がらせをされている宮女がいる様子である。

その不穏な雰囲気に私の眉がぎゅうっと寄る。私だけではなく、恩永玉や汪蘭も眉を顰めた。

ふと、宮女に囲まれた中央辺りにちらっと見えたのは茶色っぽい髪だ。

「ねえ、見える？　あの髪の色って……」

「も、もしかして、馬理の……」

恩永玉も狼狽えながらそう言う。

ちょうど話していた、馬理から来た黄嬪の宮女だろうか。

そうしている間にも、宮女たちの嫌味ったらしい会話が聞こえてくる。

「あーあ、どうせ従属国から来るっていうなら、せめて宝石で有名な白琅からならよかったのにぃ」

「本当よねえ。白琅は変わった宝石がたくさん産出されると聞くもの。馬理より、宝石が採れる豊かな白琅の方がいいわよね。お近付きの印に宝石が欲しいわぁ」

「そうそう、宝石なら臭くないし。馬理なんて、広いだけのど田舎で、馬や羊しかいないのでしょう」

「そんなところから来た妃嬪がいるなんて、後宮が家畜臭くなって嫌だものねぇ」

何がおかしいのか、キャハハ、と笑い崩れる宮女たち。

間違いない。馬理から来た宮女がいじめられているのだ。聞いているだけで腹の底が煮えくりそうなくらいの不快感があった。

本の受け売りだが、迦国の西方にある馬理は牧畜が重要な産業で、迦国で使われている革製品や毛織物は馬理産のものがそれなりの割り合いを占めている。衛士や近衛が使う馬も馬理産の名馬だ。また、馬理のさらに西にある国との緩衝国としても重要なのだ。一方で彼女らが豊かと評する白琅は迦国の北方にあり、非常に寒さの厳しい地域でしかも山が多く、人が住める土地はさほど多くない。馬理と白琅は地理的には隣接しているが、険しい山脈によって隔てられていて文化から何まで異なるそうだ。白琅では宝石や鉱石が採れるけれど、その真の価値はその卓越した加工技術にある。どちらも従属国になってはいるが、持ちつ持たれつの部分があり、迦国にはなくてはならない国なのである。そんなことも知らずに愚弄するとは何事だ。

そして何より、ああして多数で取り囲み、嬲るようにいじめる行為に激しい怒りが湧いてくる。

「まったく、寄ってたかって！　ああいうの許せないわ。ちょっと言ってやってくる！」

私も散々ヒソヒソされたのだ。文句の一つも言ってやりたい。

「朱妃、お待ちください」

しかし恩永玉に肩を掴まれて止められた。

「あ、あの。私に行かせて欲しいのです。もしここにいたのが金苑なら、きっと格好良くあの場を収めてくれると思うのです。私もそうなれるようにならなくては。私だって、薫春殿の宮女なのですから」

むん、と両の拳を握り、恩永玉はキッパリと言った。恩永玉はおっとりしていて、こういうことには向いていない。それでも薫春殿の宮女としてますます邁進しようとしているのだ。

頼もしい恩永玉の姿に私は微笑む。

「うん。それじゃ、恩永玉に頼むわね。ガツンと言ってやって」

「はい、行ってまいります！」

私がそう言うと、恩永玉はタタッと小走りに宮女たちに向かって行った。

「貴方たち、何をしているのですか！　そこの方が嫌がっているではありませんか！」

「ちょっと、何ですの。貴方には関係ありませんでしょう」

「関係あります！　同じ後宮の宮女として、嫌がっている方をいじめている貴方たちを見過ごすことは出来ません！」

子犬くらいの迫力しかないが、それでも恩永玉はいじめを止めるようにとはっきり主張している。私と汪蘭は固唾を飲んで見守った。

「ねえ、この子、薫春殿の……」

「……まずいんじゃない?」

いじめていた宮女たちは、最初こそ恩永玉の乱入に失笑していたものの、顔を見合わせて、ヒソヒソしあっている。恩永玉が薫春殿の宮女であると気付いたらしい。

「やぁだ、いじめてなんていませんわ。ちょっとした冗談ですわよぉ」

慌てて取り繕うような笑みを浮かべ、周囲の者も追随する。

「そうそう。少し揶揄っていただけで悪気はなかったの。さ、みなさん、行きましょう」

「ま、待ってください。まずは、そこの方に謝るべきでしょう!」

しかし止める恩永玉を振り切って、宮女たちはそそくさと去ろうとしている。

反省することもなく、謝ることすらしないなんて。

よその宮女をいじめていたこともだが、この全く反省する気のない態度に、私のムカッ腹はおさまらない。

私は宮女たちの進路を妨げるように前に出た。

腕を組み、逃げようとする彼女たちを睨み付ける。

「何が揶揄うよ。嫌がってもやめなかったじゃないの。貴方たちの顔はこの私がしっかり覚えたから。またこんなことがあったなら、どうなるか分かっているんでしょうね」

「……ひっ！」

「も、申し訳ありませんっ！」

意地悪な宮女たちは真っ青になって逃げていく。

「私に謝る前にいじめていた娘にしなさいよ、まったく！」

私はフンと鼻を鳴らした。

「いくら人手不足だからって、後宮にあんな宮女がのさばっているのは困るわ。もう少しどうにかならないか、相談しておいた方が良さそうね」

「そうですね。私の時代にも、不真面目な宮女や、意地悪な宮女がいました。それでもあんなに大きな顔はしていませんでしたのに」

汪蘭もそう言う。

「一度、うんと厳しくした方がいいのかもしれませんね。ですが、朱妃が貴妃になるのですから、今後はああいう人も減るでしょう」

「ちょっと汪蘭ってば、その話は外ではまだ内緒だって」

貴妃になるという話は、薫春殿の外では言わないように伝えておいたはずなのに。

「あっ、すみません……うっかりしてしまいました」

汪蘭は慌てて口を押さえた。

珍しくあわあわしている汪蘭に苦笑する。

「まあ汪蘭だし、別にいいか」

汪蘭は幽霊宮女である。生きている人間と同じように姿が見えたり、声が聞こえたりするのは、私のような見鬼の才がある一部の人間だけなのだ。ほとんどは恩永玉のようにまったく見えないし、声も聞こえない。ごく稀に気配を感じ取れる人がいる程度らしい。

なので汪蘭がうっかり口を滑らせても、私以外には聞こえないのでギリギリ失言にはならないというわけだ。

「でも一応、今後は気を付けてよね。他の宮女に示しがつかないから」

「はい。気を付けます……」

汪蘭はしゅんと肩を落としている。

「あの、大丈夫ですか？　お怪我などありませんか？」

恩永玉の声が聞こえ、私はそちらに意識を向けた。汪蘭と話していたから、変な独り言を話していると思われたかもしれない。

恩永玉の前に、二人の女性が身を寄せ合っていた。

「あ、ありがとう、ございます」

手前にいる、茶色の髪をきっちり結い上げた小柄な宮女（きゅうじょ）が口を開いた。

私や恩永玉と同じ年頃のようだ。

私と似たり寄ったりの、ついつい親近感の湧きそうな身長である。眉が太く、意志の強そうな目をしている。鼻の周囲にそばかすがあって愛らしい。

その後ろにいるのは、私よりいくつか年上で、茶色い髪にスラッとした体型の女性。宮女（きゅうじょ）のお仕着せ姿ではない。入宮の儀では遠目に見ただけだから確証はないが、彼女はおそらく黄嬪だ。

柔らかそうな癖毛の前髪が左右に分かれ、顔の輪郭を覆っている。

身長は高いが、怯えるように小柄な宮女（きゅうじょ）の肩に縋って、やっと立っているという風情である。

小柄な宮女（きゅうじょ）は黄嬪をあの意地悪な宮女（きゅうじょ）たちから庇っていたのだろう。まさか従属国から来たとはいえ、妃嬪を直接いじめる輩（やから）がいるなんて思ってもみなかった。

「私は薫春殿の恩永玉と申します。そちらは……」

恩永玉がそう言いかけると、小柄な宮女はバッと腕を広げ、後ろの黄嬪を庇った。

「また薫春殿なの？　もういい加減にしてっ！」

「えっ……？」

急に怒鳴られて、恩永玉は目をぱちくりとさせている。

また、という言葉には心当たりがない。私は恩永玉と顔を見合わせ、首を捻った。

「あの……なんの話でしょう。薫春殿の宮女が何か気に触ることをしましたか？」

「しらばっくれないで！　さっきの宮女も薫春殿の宮女なんでしょ！　薫春殿の朱妃が黄嬪のことを気に食わないって言ってるって……」

「ちょ、ちょっと、潘恵……それは間違いだと思う」

黄嬪は慌てたように小柄な宮女の袖をくいくいと引いた。

「何言ってるんですか！　黄嬪だって、散々言われたじゃないですか！　家畜臭いとか田舎臭いとか！　いくら陛下に愛されてる方だからって、ひどすぎますっ！」

「だ、だからね、そ、そこにいるのが朱妃なんだよ」

黄嬪は、少し離れたところに立つ私を差し示した。

「ええ、私が朱妃だけど。……もしかして、さっきの宮女たちから薫春殿の宮女だって嘘を言われたの？」

私がそう尋ねると、潘恵と呼ばれた小柄な宮女は、初めて私の方を向き、目を丸くした。

「え、嘘？　朱妃？　この人が……？」

どうやら私のことは目に入っていなかったようだ。

「そうだってば。わたし、入宮の儀の時に見たもの……そ、そうですよね、朱妃」

おどおどとそう尋ねてくる黄嬪に頷く。

「そうね。さっきの逃げてった宮女たちは、薫春殿の宮女じゃないわ」

潘恵は陸に打ち上げられた魚のように口をパクパクさせていたが、突然、その場にドッと膝をついた。

「すっ、すみませんでしたぁーっ！」

そのあまりに大きな声に耳がキーンとなり、ついつい耳を塞いでしまった。潘恵は小柄ながら随分と声が大きい。

「た、助けていただいたのに、わたしの宮女が失礼なことをして、も、申し訳ありません」

黄嬪はどもりながらそう言った。

黄嬪はスラッとした細身で背が高いが、おどおどした喋り方で、声もくぐもっていて小さい。近くで見ると、潤んだ瞳は赤みが強い橙色だ。

気弱そうな黄嬪と負けん気の強い子犬のような潘恵は、かなり対照的な主従だと言える。

「と、とりあえず立ってちょうだい。誤解だと分かってくれたならいいの。あと大きな声はやめて！」

私が必死にそう言うと、潘恵は立ち上がった。土埃のついた膝を恩永玉が払ってあげている。

改めて黄嬪は深々と頭を下げた。

「く、薫春殿の皆さま、本当に助かりました。さっきの宮女たちには、これまでも何度か絡まれて困っていたのです」

黄嬪はやたらと腰が低く、私だけでなく恩永玉にもぺこぺこと何度も頭を下げている。角度的に、私の横にいる汪蘭にまで頭を下げた気がしたのだが、普通の人に幽霊宮女の汪蘭が見えるはずがない。さすがに気のせいだろう。

「まあまあ、そんなに頭を下げないで。それより、あの宮女たち、黄嬪に薫春殿の宮女と名乗ったわけね。いじめるのも許せないけれど、薫春殿の名前を騙ったのは見過ごせないわ」

「ええ、ひどいです！　馬理からいらしたばかりで、ただでさえ不安な黄嬪たちに、なんという仕打ちを！　しかも朱妃の名前まで使うなんて！」

恩永玉も本気で怒っているようだ。いつもは優しげな眉を懸命に吊り上げている。プンプンという擬音まで聞こえそうだ。

「私も後宮に入ったばかりの頃には、あの宮女たちに散々嫌味を言われて腹が立っていたのよ。私の方は特に実害はなかったし、それくらいで言い付けるのもなんだかなと思って放置していたけれど、もう容赦しないわ。黄嬪、潘恵、今後調査があれば、あの宮女たちについて聞かれるかもしれないわ。その際にはこれまで何を言われたのか、覚えていることを話してちょうだいね」

二人はホッとした顔で頷く。

恩永玉も潘恵に向かって優しく声をかけている。

「それから、潘恵。せっかくここでご縁が出来たのですし、何かお困りなことがあったら相談してくださいね。物資や人手は足りていますか？」

「はわ……ありがとうございます。恩永玉お姉様……」

潘恵はすっかり恩永玉に懐いてしまったようだ。恩永玉を見上げて目をキラキラさせている。まるで懐いた子犬みたいだ。

「お、お姉様はやめてください！　同じ宮女同士なのですから、どうか恩永玉と呼んでください」

恩永玉は真っ赤になり、ワタワタと両手を動かして狼狽えている。

その様子がおかしくて、ついクスッと笑ってしまった。見れば黄嬪も同じように潘恵を見て、目尻を下げてふにゃっとした笑みを浮かべている。黄嬪と潘恵も仲がいい主従のようだ。なんともほっこりする二人である。

黄嬪は私と目が合うと、またふにゃっと微笑んだ。好ましい雰囲気を感じる。

「あの、朱妃、潘恵が薫春殿の宮女が働く様子を見学したいそうです」

潘恵と話していた恩永玉は私に向かってそう言った。

「見学？」

私が首を傾げると、潘恵は口を開く。

「はい。実は、輪鋒館は新人の宮女と宦官ばかりで、本来なら指示する側でさえ、よく分からないことだらけなのです。薫春殿の先輩方に教えを乞いたいのですが、わざわざお時間を割いていただくのはさすがに申し訳なくて。なるべく邪魔にならないようにしますので、お仕事中に見学をさせていただけませんか？」

黄嬪が急遽後宮入りしたため、人員も大急ぎで人数を揃えたものの、教育が行き届かないといったところのようだ。

薫春殿も最初は人の出入りが多く、しばらくの間はバタバタしていたから気持ちは分かる。

「見学くらいなら構わないんじゃない？　ねえ、恩永玉」

「私は朱妃のお許しがあるなら、喜んで！」

恩永玉は丸い頬を染めてニッコリ微笑む。

「じゃあ決まりね。一度戻って金苑たちに相談して日取りを決めましょう」

「ありがとうございますっ！」

だから、声が大きい。私は耳を押さえた。

潘恵はハキハキした喋り方で元気はいいが、声が大きすぎるのだけは難点だ。

雨了で慣れてきたものの、私はそもそも大きな声が苦手なのである。

「潘恵、元気があっていいですが、薫春殿には猫がいるんです。あまり大きな声だとびっくりしてしまうから、見学中は声の大きさを控えめにね」

「あっ、すみません……！」

恩永玉にも注意され、今度は潘恵が頬を赤くする番だった。

「あ、あのっ、薫春殿には猫がいるんですか……？」

猫という語に反応したのは黄嬪である。肩のあたりがそわそわ揺れている。

「ええ、私の飼い猫なの。黒猫でね、すっごく可愛いのよ。黄嬪は猫って好きかしら」

「だ、大好きです！　も、もしよければわたしにも、ち、近くで猫を見学させてもらえませんかっ……！」

黄嬪は頬を染め、指をもじもじとさせながらそう言った。橙色の瞳がキラキラ輝き、猫が好きなのは真実だと告げている。

私はその答えににんまりと笑った。私は猫が大好きだが、猫好きな人間も好きなのだ。猫好き同士、仲良くなれるかもしれない。

「それなら、潘恵が見学に来る日、黄嬪は薫春殿にお茶を飲みに来るのはどうかしら。潘恵も来客時の宮女（きゅうじょ）の動き方が分かるし、黄嬪も潘恵が近くにいるなら安心出来るでしょう」

「ええ、是非！」

「はいっ、よろしくお願いしますっ！　黄嬪、よかったですねえ！」

黄嬪と潘恵が手を取り合って喜んでいる。

その様子から二人が仲睦まじいのが伝わってくる。恩永玉も、そして静かに見守ってくれていた汪蘭もニコニコして嬉しそうだった。


数日後、薫春殿に黄嬪がやってきた。

宮女(きゅうじょ)の潘恵は、今日は仕事の見学に来たので、恩永玉の後ろを雛鳥のようにくっ付いて回っている。何とも微笑ましい姿だ。

「あ、あの、朱妃。本日はお招きありがとうございます。改めまして、馬理から参りました黄夕燕(ゆうえん)と申します」

黄嬪はぺこぺこと何度も頭を下げている。

座って目線が合うと、黄嬪は化粧っ気が少なく、素朴で好ましい。

黄嬪は茶色の癖のある髪で、伸ばした前髪を左右に分け、顔の輪郭をくるんと縁取っている。肌もうんと白く、目の色は夕陽のような赤みがかった橙色で、夕燕という名前がピッタリだ。馬理の人は迦国の人よりも少し色素が薄いのだろう。目元が柔らかく垂れているので、穏やかで優しい雰囲気に見えた。

「ようこそ、黄嬪。ちょっと尋ねるけれど、あれからあの宮女たちに絡まれたりしなかった?」

あの後、凛勢に薫春殿の宮女を名乗って新人の宮女や妃嬪をいじめている宮女がいることを伝えたのだ。すぐに対処してくれることになっている。

「え、ええ。最近はあの人たちの姿を見かけなくなりました。あの時はたまたまわたしも一緒でしたけど、潘恵はそれまでも一人の時に随分絡まれていたみたいで……。本当に朱妃のおかげです」

「よかった。処分が下るのはもう少し先でしょうけど、やった責任は取ってもらうから、安心してね」

そう言うと黄嬪は控えめに頬を綻ばせ、ペコッと頭を下げた。

「そうだ。私の飼い猫なんだけれど、ちょっと散歩に行っているみたいなの。いつもならそろそろ戻る頃だから、お茶を飲みながら待っていましょう」

「はい。ありがとうございます」

　ふと、黄嬪はキョロキョロと部屋を見回した。

「あの、先日お会いした宮女は、今日はいらっしゃらないのですか？」

「え？」

　私はそれを聞いて首を捻った。

「さっき見た通り、恩永玉なら潘恵と一緒だけど」

「いえ、あの、もう一人いらっしゃいましたよね。すみません、うっかりお名前を伺いそびれてしまって。ほら、わたしより少し年上で落ち着いた雰囲気の方です。確かその方が、朱妃が貴妃になるという話をしていたと思うのですが……」

　私は言葉を失い、ポカンと口を開いた。

「あっ、聞き耳を立てていたんじゃないんです！　たまたま聞こえてしまっただけで……す、すみません！」

　それを見て黄嬪は私が気に障ったと思ったのか、ワタワタと両手を振り、頭を深々と下げた。

「い、いいえ、怒っているわけじゃないから」

私は慌てて黄嬪の頭を上げさせた。

あの時いたのは、私と恩永玉、そして汪蘭。

確かに汪蘭は、私が貴妃になると口を滑らせてしまっていたのだと思い出す。

でも、普通の人には汪蘭の姿は見えないし、声も聞こえないはずなのに。

蓉嬪のように前々から後宮にいたなら、私が貴妃になる件も察することも出来たかもしれない。しかし黄嬪はまだ来たばかりで、慣れない後宮でそこまでの情報を掴むのは難しいだろう。

では——そう考えた時、じゅうっと鳴き声が聞こえた。

ろくが戻ってきたのだ。

トトトッと軽い足音を立てて部屋に入ってくる。

黄嬪を見て驚いたのか、ろくは緑色の目を丸くした。しかし嫌ではないらしく、じゅうじゅうーっとご機嫌そうな声を上げる。

「うわぁ可愛い！　艶々の黒毛に、綺麗な緑の目ですね。こんにちは！」

黄嬪は頬を紅潮させ、ろくに向かって目を細めた。

「じゅう！」

ろくは黄嬪が気に入ったのか、トンッと卓上に上がり、黄嬪に顔を近付けて鼻をくっ付けた。

ろくは元々人懐っこいが、初対面でこんなにも好きという態度を示したのは初めてだ。少し驚いてしまう。

「な、撫でても大丈夫でしょうか」

そう尋ねてくる黄嬪に、ハッとして頷いた。

「ええ。人懐っこい子だから平気よ。黄嬪のことを気に入ったみたい」

黄嬪はおそるおそるろくを撫でた。

「わあ……ふわふわ。この辺りが気持ちいいかな」

そう呟きながらろくの首をわしゃわしゃと撫でている。手付きはどこかおっかなびっくりだが、猫が好きだと言うのが、キラキラと輝く瞳から伝わってくる。

ろくも撫でられるままになっている。気持ちよさそうに目を細めゴロゴロと喉を鳴らした。まさか喉まで鳴らすとは。

しかしろくがここまで黄嬪に気を許すということは、黄嬪は悪い人ではないのだろう。

ろくは可愛いだけでなく、とても賢い。人を見る目があるのだ。

「黄嬪は猫を飼ったことは？」

「そ、それがないんです。ずっと飼いたかったのですが……わたしは馬理で『神招き』をしていたので、猫を飼ってはいけない決まりだったんです」

「神招きって何かしら？」

聞いたことのない単語に私は首を傾げた。

「あ、ごめんなさい。ええと、迦国だと、巫祝とか、巫女という意味が近いですね」

「巫女⁉」

黄嬪はコクンと頷く。

「はい。特に秘密にしてはいませんので、朱妃にも伝わっているかと思っていました。驚かせてしまいましたか」

黄嬪の穏やかな視線がこちらを向く。

「聞いてなかったから驚いたわ。へえ、ちょっと興味深いわね。もし嫌じゃなかったら、どういうことをするのか聞かせてもらえないかしら」

私も母が星見の一族で、天狗という流星の妖を迎え、空に送り返す儀式を行なっあった。

ていた。国は違うけれど、巫女のような仕事とはどういうことをしていたのか興味が

黄嬪は嫌がる雰囲気もなく、私に説明をしてくれた。

「簡単に言うと、占いをして神様や祖霊の言葉を民衆に届け、祝福を授ける仕事をしていました。神招きの適正があると、子供の頃に親元を離れて、神招きの園と呼ばれる館で暮らすことになるのです。神招きは動物は飼ってはいけないし、触ることすら禁止なんです。だから、こうして触れるのが嬉しくて」

彼女はろくを撫でながら、静かにそう語る。

「朱妃、この子の名前はなんというのでしょう」

「ろくというの」

いつもなら、どうして『ろく』という名前なのか問われることが多い。まさか六本足の猫だからとは言えず、適当に誤魔化(ごまか)していたのだが。

「なるほど、足が六本だからろくちゃんなんですか。ふふ、足がたくさんで、可愛いですね」

黄嬪の言葉に、私は口を開けた。

「ろ、ろくの六本の足が見えるの？」

「はい。見えますよ。胴体の真ん中にニョキッと生えています。前足と同じ形の足なんですね。猫って足まで可愛い」

黄嬪はろくの真ん中の足をツンツンと突く。

するとろくは嫌そうに真ん中の足をビビッと震わせた。そのまま床に降りて私の方に逃げてくる。

「んじゅう」

「あ……足に触るのは嫌でしたか。ごめんなさい……」

ろくが離れてしまい、黄嬪はガックリと肩を落としている。

私は黄嬪を食い入るように見つめた。

彼女はろくの六本の足が見えるだけではなく、触れるのだ。

これまでろくの六本足に気付いた人は、雨了や青妃など、龍の血を引く人たちくらいしかいなかった。あとは星見の一族で、私の従兄弟（いとこ）の昂翔輝だろうか。あの子は子犬の従従の足が六本に見えていたから、おそらくろくの足も六本に見えるに違いない。

つまり、黄嬪も私や昂翔輝と同様に、妖（あやかし）が見える人なのだ。

ごくり、と唾を飲み込む。

さっきの汪蘭の話も勘違いではないのかも。

「ねえ汪蘭、いる？　ちょっとこっちに来てもらえるかしら」

「ど、どうなさいました。来客中なのでは」

黄嬪が来るからと、隣の部屋にいたらしい汪蘭がそっと顔を覗かせた。急に呼んだから、少々困惑の表情だ。

「ねえ黄嬪、彼女のことが見える？」

私が汪蘭の方を指し示さずとも、黄嬪の顔は確実に汪蘭へと向けられていた。

黄嬪は垂れた目をさらに垂れさせてふにゃっと微笑む。

「はい。先日、助けていただいた時に一緒にいた方ですね。わたしと潘恵が囲まれて困っている時に、真っ先に様子がおかしくないかと朱妃に進言してくれましたよね。おかげで助かりました」

黄嬪は当たり前のように汪蘭に礼を述べた。

「えっ、私のことが見えるのですか？」

汪蘭は目を真ん丸にして驚いている。

「朱妃と同じことを言うんですね。貴方やろくちゃんも妖なんですよね？　ええ、見えます。朱妃と一緒……です」

そうなんでもないことのように言いながら、黄嬪は橙色の目を私に向けた。

沈む直前の夕陽を思わせるその色は、不思議なくらい穏やかで、神秘的に見えたのだった。

「……驚いた。はっきり汪蘭が見えて声も聞こえるだなんて」

汪蘭も相当驚いている様子だ。

「ええ、私も驚きました。私は後宮に長くいますが、朱妃が薫春殿に入ったばかりの頃、当たり前のように話しかけてくるまで、何年も誰にも見えなかったのですから……」

「もしかして、黄嬪は妖が見えるから神招きをしていたの？」

黄嬪は曖昧に頷く。

「そんな感じです。でも、神招きは他にも何人かいましたが、ちょっと感じる程度で、はっきり見える人はいませんでした。わたしも妖の姿をはっきり見えて、声まで聞ける人に会ったのは、朱妃が初めてです」

黄嬪から聞いた話によると、子供の頃から不思議なものが見える力があったらしい。

馬理は複数の氏族から形成された国で、その中で代表格の一族に生まれた彼女は、幼い頃に、その不思議な力を持つのが神招きへの適正ありとして、神招きになったそうだ。

そして、少し前に神招きの役目を退き、後宮に来たのだと言う。

「そうなのね。神招きという大役が終わったと思ったら、今度は後宮にだなんて大変ね。普通に暮らしたかったんじゃないの？」

そう尋ねたが、黄嬪は首を傾げた。

「うーん、どうでしょう。馬理での普通は、わたしには難しくて……。例えば、馬理では男女問わず馬に乗ります。馬に乗る練習も幼い頃からするのです。でも、神招きは馬に触るのもダメなので、わたしは今でも馬に乗れません。もうそこで、わたしは馬理での普通じゃなくなってしまって。馬理では馬に乗れないと、一人前扱いをされませんから」

「馬もダメなんだ。神招きの決まりって厳しいのね」

国が違うと文化も随分と異なるようだ。

「ええ。他にもたくさん決まりがあります。祝福を与える時のみ人に触れていいという決まりがあるので、医者でも神招きに触ってはいけないとか。それから、歩いていいのは室内だけで、外では足の裏を地面に着けないように、輿で移動をするとかですね。わたしは背が高いから重いと、運び手からよく文句を言われましたよ」

「まあ、ひどいわね。黄嬪って細くて軽そうじゃない」

着物を着ていても分かるくらいスラッとした細身の体型に見える。そもそも迦国の人とは骨格が違うのかもしれない。正直なところ背が高くて羨ましい。私は後宮に来てから栄養状態が良くなり、少し背が伸びたが、それでも年齢的にそろそろ頭打ちなのだ。平均よりずっと低いままだ。

「そ、そんなに軽そうに見えますか？　ぜ、全然、そんなことはないですよ」

黄嬪は顔を赤くして首を横にブンブンと振った。

「そ、それに、初潮が来たらお役目が終わる決まりなのですが……わたしは中々来なくて、それでつい最近まで神招きをやっていたんです。本来なら子供しか運ばないので、重いと言われてしまうのは当然ですから……」

「そもそも輿に乗って移動するのが大変だわ。勝手に出歩けないわけだものね。それじゃあ外に出る機会もそんなに多くないのかしら」

「そうですね。神招きの仕事で呼ばれた時と、あとは祭事の時しか外に出ませんでした。だから祭事で外に出るのが楽しみで」

「馬理の祭事って、どんなことをするの？」

星見の一族では新月の晩に笛を吹いて天狗を空に返すというのが祭事になるのだろうか。馬理での祭事に興味があった。

「色とりどりの布を繋ぎ合わせて作った被り物をして、花や枝を持って街の中央に作った祭壇で踊ります。馬理の民はほとんどが遊牧民で、動かず定住しているのは神招きの園がある街の人だけなのです。普段は街に人は多くないのですが、祭事の時はたくさんの人が集まります。人いきれの中、太鼓や笛の演奏に合わせて踊るのは、楽しかったですよ」

「踊り……？」

ふと気になる言葉に、私は黄嬪に尋ねた。

「もしかして、黄嬪って踊りが得意なの？」

「ええと……得意かと言われると、どうでしょう……」

黄嬪は頬を赤く染めてワタワタとしている。

「黄嬪の神舞（かみまい）は、それはそれは素晴らしかったのですよ！」

会話に割って入ったのは潘恵である。恩永玉がお茶のお代わりを持って来てくれたのにくっ付いてきたのだ。

潘恵は目をキラキラさせている。その様子がまるで幼い子供みたいで、恩永玉もお茶のお代わりを注ぎながら微笑んでいる。

「見る方も恍惚となるくらいお綺麗でした！　あたしは黄嬪が神招きの時からおそばに付いていますが、祭事には本当にたくさんの人が黄嬪の神舞（かみまい）を見に来ていたんですから！」

「や、やめてよ潘恵……」

恥ずかしいのか、黄嬪は真っ赤になって肩を窄（すぼ）めてしまった。

「へえ、神舞（かみまい）っていうのね。祭事でやるんだし、巫女舞（みこまい）みたいな感じなのかしら」

「そうです！　招いた神と一心同体になって舞うという意味なんです。とっても厳かで、神聖な雰囲気でしたよ！」

潘恵は自信満々にそう言う。それだけ黄嬪の踊りが素晴らしかったのだろう。

ふむ、と顎に手を当てた。

「ねえ、黄嬪。お願いがあるの。私に踊りを教えてもらえないかしら」

「ええーっ！」

黄嬪は目を丸くしてのけ反った。

黄嬪の舞がどういう雰囲気かは推測するしかないが、凛勢が望んでいるのはそういう舞かもしれない。

「黄嬪は私が貴妃になるって知ってしまったから隠さず言うけれど、あと数ヶ月で貴妃になるための式典があるの。そこで舞を披露することになったんだけど、私はまったくの素人なのよ。舞の理論を覚えても、上手く体は動かないし、なんだかおかしいのよね。でも、なんでおかしいかの理由すら分からないのよ」

「いえ、でも……わたしなんかじゃ……」

赤い顔でフルフルと顔を横に振る黄嬪に向かって手を合わせた。

「お願い！　せめて私の練習を見てもらって、コツだけでもいいから教えてくれない？」

黄嬪は、はわはわとして可否どころではない様子だ。

「あの、朱妃が黄嬪に練習を見ていただく間、私が潘恵に仕事を教えます。それでどうか朱妃のお願いを引き受けていただけませんか？」

恩永玉も私の気持ちを汲んで、黄嬪に直談判を始めた。

「お、黄嬪、あたしからもお願いしますっ！　薫春殿のみなさんはとても優しくて、今日も本当は見学だけのはずなのに、たくさん教えてくれました。あたし、黄嬪のためにも、もっと色々教わりたいんです！」

潘恵は両手を胸の前で組み、黄嬪にお願いしている。

黄嬪も大事な宮女にそこまで頼まれては断りにくいらしい。

キョドキョドしていたが、コクリと頷いた。

「わ、分かりました……。朱妃の舞の練習を見ます。で、でも本当にちょっとした助言程度しか出来ないと思いますけど、いいですか？」

「もちろんよ！　ありがとう、黄嬪！」

薫春殿で普段練習に使っている部屋に黄嬪を案内する。

舞の練習で蹴躓かないよう、家具類は全て取っ払ってある部屋だ。執務殿の練習に使っている部屋ほど広くはないが、自主練をする程度ならじゅうぶんな広さがある。

「先に言っておきますと、わたしは神舞しか出来ないので、舞の専門用語は分かりませんし、練習を見て所感をお伝えするだけになりますが、ご了承ください」

「ええ、もちろん。引き受けてくれてありがとう。客観的に見てもらえるだけで助かるわ」

「まず、朱妃は実際の振り付けで、この動きが苦手というのはありますか？」

「そうねえ、クルッと回るのをよく失敗するわ。ふらっとヨタついてしまうのよ」

「なるほど。一度見せてもらえますか？」

私は頷き、振り付けの通りに右足を引き、そのままクルッと回ってみせた。いつもの通りによろめいてしまう。

「ほら、こうなるの」

「なるほど。少し軸がブレてますね。ほら、最初にいたところから半歩動いてしまっています」

黄嬪が指摘した通り、最初の位置から動いてしまっている。

「本当だわ。どうして軸がブレてしまうのかしら」

黄嬪は私をじっと見つめた。

「ええと……第一に、左右に不均等に力が入っている気がします。人の体は元々不均等なものですから。頭のてっぺんから吊るされているとか、体の中心に真っ直ぐな棒が刺さっていると想像してみてください」

「なるほどね」

「クルッと回る時の練習用に、地面に目印を付けられませんか？　動いてしまったのを自覚しやすいですし。あ、でもこんなピカピカの床に目印なんてつけない方がいいですかね……」

「平気だと思うけど。落ちやすい顔料で目印を書いてもらうことにするわ」

「姿勢や左右の不均等を直すのは舞の練習をしていない時に、意識的に行うといいですよ。例えば、頭の上に何冊か本を乗せて、落とさないように生活をするのです」

「へえ、そんな方法があるのね」

「ええ。わたしも姿勢を正すのに子供の頃にやっていました。そうだ、本の上に、さらにろくちゃんに乗ってもらってはどうでしょう。ろくちゃんを落とさないように気を配れば、すぐに体が覚えますよ」

　そんなことを言い出したものだから私は笑ってしまった。

　確かにろくを頭に乗せるのは良さそうだ。

　言われたことを踏まえて何度か試してみるが、簡単には上手くいかない。

「第二に、回転をした時の速度が遅いんですね。早く回転するのって難しそうに感じますけど、早い方が軸がかえって安定します」

「そうすると早く回り終えるけど、振り付け的におかしくならない？」

「大丈夫ですよ。それに動きにメリハリがあった方が綺麗に見えますから」

　心持ち早く回転しようとするが、何度かやってもあまり変わらない。

「め、目が回りそう……」

「と、とりあえず座ってください！」

　クラクラした私はその場に座る。

　黄嬪は考え込むように首を傾げてから口を開いた。

「なんとなく硬さを感じるというか……。あの、もしかして、朱妃は舞で絶対に転ばないようにしようと思っていませんか？」

「それは当然じゃない？　転んだら痛いし、恥ずかしいじゃない」

「転ばないようにしようという考えは、とりあえず今は捨ててください。転んでもいいんです。むしろ、ヨタつくぐらいなら、いっそ膝をついてしまえばいいんですよ」

「え？　でも転んじゃったら起き上がるのに時間がかかるし、大失敗になっちゃうわ」

「そんなことはないですよ。もし転んだ時、朱妃はどうしますか？」

「うーん、急いで起き上がって、次の振り付けをやるわね」

「それだと、見てる人から転んだんだなとバレちゃいますね」

「だって、転んだんでしょう？　そうするしかないいんじゃない？」

「いえ、転んだとしても、見ている人に振り付けの一種なのかな、と思わせてしまえばいいんです」

黄嬪はその場で片膝をついた。

「もしも転んでこんな感じで膝をついたとしても、すぐに立ち上がるとそこで振り付けの流れが途切れてしまいます。誰の目にも失敗したんだって見えちゃうんです。ですから、膝をついた後、そのまま決めの姿勢を取ります。領布を振ったりするのもいいですね。心を落ち着けて、曲を聴きながら、綺麗に戻れそうだと感じるところまで、待っていたらいいんです。そうすると、見ている側は膝をついたのも振り付けの一部なのかな、と勝手に思ってくれるものです」

「えっ……！　そんな方法をしていいの⁉」

私はそれを聞いて目をぱちくりしてしまった。

「もちろん。振り付けというのはただの目安です。多少変えてしまっても、乱れず途切れず堂々と踊り続ければいいんですから。式典の舞は、朱妃が魅力的であることを示すものでしょう。だから、必要なのは転ばないように気を付けることではなく、魅力的に見えるよう動くことです。お尻をついてしまっても同じですよ。お尻をついたまま、素敵に見える決めの姿勢を考えちゃいましょう！」

黄嬪は茶目っ気を込めて片目を閉じ、そう教えてくれた。

実際、私に必要なのは思い切りの良さだったのだ。

次は一度で綺麗にクルッと回れた。

「出来たわ！」

「いいですね！　回転した時に袖が翻って、とても綺麗です！」

私は、ふと自分の入宮の儀でのことを思い出していた。

「……私ね、龍圭殿で入宮の儀をした時に転んでしまったのよ。頭もぶつけたし、恥ずかしかった。やっちゃった、って思っていたの。それが頭にこびりついていたみたい。また転んだらどうしよう、失敗したらどうしようって、萎縮していたのね」

「気持ちは分かります。わたしもあの時はとても緊張しました」

「そう？　そつなくこなしていたように見えたけれど」

私がそう言うと、黄嬪は首を横にブンブンと振った。

「ま、まさか！　神舞（かみまい）をしていた時よりずっと緊張しました。実はあの時、礼の数を間違えてしまいましたよ。でも、一回くらい間違えても、結構気付かないものでしょう？」

「確かに……！　少なくとも私は全然気付かなかったもの！」

顔を見合わせると、どちらからともなく笑い声が出た。

クスクス、クスクスと笑い合う。

それからも細々と、手の伸ばし方や指の角度などを指摘された。それを直しただけで、なんとなく野暮ったいと感じていたところが、グッと改善したのだ。

練習を終える頃には、私は黄嬪のことがすっかり好きになっていた。

穏やかで素朴で、でも茶目っ気があって。

そして私と同じく見鬼の力を持つ黄嬪に、淡い友情を感じるようになっていたのだ。

「黄嬪、今日はありがとう」

舞のことだけではなく、本で読むだけでは分からない実際の異国文化に触れられた気がする。短い間だが、とても勉強になった。

「こちらこそ、潘恵に色々教えてくださって、感謝しています」

黄嬪は潘恵と合流して輪鋒館に帰って行った。


秋が深まるにつれ、日に日に寒くなっていく。

特に夜から朝にかけて随分と冷え込むようになってきた。

手足が冷えてなかなか寝付けない夜もある。

けれど、今晩は寒くない。

雨了がいるからだ。

私は隣に横たわる雨了の胸元に頬を擦り寄せた。雨了は私より少し体温が高い。筋肉があるせいかもしれない。

「雨了は温かいわね」

「莉珠は手足が冷えているな」

そう言って抱き寄せてくれる。

「もっと温かい寝具を取り寄せるのもいいな。だが、使うのは俺の来ない日だけにしてくれ。こうして莉珠を抱き締めて眠りたいが、暑いと言われてしまうかもしれん」

そんなことを言うものだから、つい笑ってしまった。

「昼間に舞の練習をすると、汗ばむくらい暑いこともあるのに、夜は寒くて」

「舞の方はどうだ？」

「かなり上達してきたわよ。黄嬪にコツを教えてもらったの。手の伸ばし方とか、指の角度とか、こうした方が綺麗に見えるって教えてもらってね、試したらそれだけでマシに見えるようになってきたのよ」

「そうか。莉珠は偉いな」

頭をわしわしと撫でられる。もう寝る準備は済ませたから髪は解いていたとはいえ、搔き回されてぐしゃぐしゃになってしまった。

「もう、髪の毛が……！」

ボサボサの髪を嘆くと、雨了はクスッと笑う。

私も雨了の髪の毛を引っ搔き回してやったが、雨了の髪は指の間をスルッと抜けて、やすやすと元のサラサラに戻ってしまった。どんなにボサボサにしても、手櫛でサッと戻る艶髪なのだ。

「うう……髪質が違いすぎる」

「俺は莉珠の髪が好きだぞ。柔らかくて、太陽の匂いがする」

そんなことを言われて髪に口付けをされたものだから、顔が熱くなってしまう。

「莉珠、体が温まってきたな」

どうやら顔だけでなく、全身の血の巡りが良くなってしまったらしい。

なんとも気恥ずかしくて、目線を逸らして窓の外に目を向けた。

窓の細かな格子模様が白々と照らされている。今夜は月明かりが一段と眩しいようだ。

「ねえ、雨了、今夜は満月なのね。ほら、外がすごく明るい」

「そのようだな。以前、天文官から聞いた話だが、一年の内、月の大きさは大きく見えたり小さく見えたりするそうだ。確か来月の満月が今年一番大きな満月らしい。そうなると、この月は二番目だろうか。だからこんなにも眩しいのだな」

「へえ、月の大きさって変わるんだ！　それじゃ来月の満月も楽しみね」

「そうだな。そなたとゆっくり月が見られたらいいのだが。明日からまたしばらく忙しそうだ」

「大変ね。でも今夜は会いに来てくれて嬉しかったよ」

「ああ。また時間を作る」

そんなことをポツポツと話している間にも夜が更けていく。雨了とゆったりとした夜を過ごしたのだった。

第三章

午前中の清らかな陽光が、床に差し込んでいる。

窓の外では落ち葉がひらりと舞い落ちて、秋の深まりを感じさせた。

ぼんやりとその光景を見ながら、欠伸を噛み殺している私の頭に、突然、生暖かい風が吹きかかった。いや、風ではない。蔡美宣の盛大なため息である。

「はぁー、潤いがありませんわー！」

最近、薫春殿の宮女になった蔡美宣は若干不真面目なところもあるが、こうして朝の髪結いや、着替えなどの身繕いなどを担当してくれている。蓉嬪が意外と有能だと言っていた通り、髪結や化粧が得意なのだ。薫春殿の宮女ともそれなりに上手くやっている様子である。しかしどうにも浅慮で粗忽なところがあるのが玉に瑕だった。

それから私の髪を結いながらため息を吐くのはやめてほしい。

「何よ潤いって」

朝から大きなため息を何度も吐かれていた私は、若干棘がある声で尋ねた。しかし蔡美宣はまったく気にしていない様子で元気よく答えた。

「潤いとは、すなわち美男子のお顔を拝見することです！」

聞くんじゃなかった。

美形な男性が大好きな蔡美宣には、たまに厄介なところがあるのだ。

「昨晩は陛下がいらしていたのでしょう。わたくしは朝番でしたので、朝から陛下の麗しいご尊顔が見られると楽しみにしていましたのにぃ！」

「残念だけど、陛下は日の出前に執務殿に向かったわよ」

雨了はとにかく忙しく、なんとか少しの時間を捻出して私に会いに来ている。昨晩も薫春殿に来てくれたのだが、無理して時間を作ってくれたらしい。今朝は特に早く、まだ薄暗いうちに薫春殿を出ていってしまったのだ。

「ああん、わたくしの癒しの時間が……。そうですわ、舞の練習の付き添いにわたくしを連れて行ってくださいませ！　陛下に、凄まじいほどの美形とお噂の凛勢様、そして美男子として名高い秋維成様が揃っているのを眺めとうございます！」

蔡美宣はふんふんと鼻息荒くそう言った。両手の拳を力強く握っている。

「嫌よ。蔡美宣はうるさいから、絶対連れて行かない」

私は蔡美宣の頼みをバッサリと断ち切った。

連れて行ったらうるさくて、練習にならない予感がある。

特に凛勢には会わせたくない。

蔡美宣は美男子の中でも、特にああいう線が細めで美少年っぽい容貌が好きなようだから。

「そんな、殺生なぁ……」

べそべそと泣き言を漏らしながらも、蔡美宣の手は止まらず、あっという間に髪を結い上げてくれた。

凝った編み込みや結い上げ方をされていても、髪が引きつれて痛みが出ることもなく、きっちりしていて舞の練習をしても型崩れをしない。

美男子が好きすぎることと、こうしてやかましいところがなければ、文句なしの仕事ぶりなのに。

「何度言われても、練習に付き添うのを許可するつもりはないから」

「ですが、日中に手が空いているのはわたくしくらいのものですわ。恩永玉なんて、毎日とても忙しそうですもの。ですから、わたくしが付き添いになるのが丸く収まります」

「なら、恩永玉の仕事を手伝ってあげなさいよ……」

私こそ大きなため息を吐きたいくらいである。

しかし、ふと思い出して蔡美宣に話を振った。

「そうだ。そんなに時間があるなら、蔡美宣には他の仕事をしてもらおうかしら」

先日、黄嬪と潘恵をいじめていた宮女たちの件を思い出したのである。

彼女たちは叱責され、懲戒処分となり後宮から追放されたのだという。場合によっては今後の職や結婚にも影響が出る厳しい処分らしい。

彼女たちは馬理の族長の身内である黄嬪をいじめていた。しかも薫春殿の名前を出して。下手をすれば馬理との外交問題にもなりかねなかったのだ。

重めの処分とはいえ、彼女たちのしたことを考えれば同情に値しない。

ただし、彼女たちが何故そうなったか、が問題なのである。

宮女は名誉な職業で人気も高く、仕事内容にもよるが給金はかなりいいそうだ。

私もかつて宮女試験を受けたことがあるが、下働きの宮女募集にさえ、あんなにたくさん応募者がいたのだから、それは納得である。

しかし、実際には日々の仕事量は膨大で責任も大きい。しかも簡単に外には出られない場所な上、日常に変化は少ないときた。つまり、息抜きが出来ない。

人は閉鎖環境で変化に乏しいと、精神的に追い詰められてしまい、イライラしてしまうことがあるそうだ。

もしかすると、あの宮女たちもイライラした感情を自分一人で処理出来ず、弱い者にいじめとして向かってしまったのではないだろうか。あの宮女たちを擁護するつもりはないが、今後同じことが起きないように対処することも大切だと思うのだ。

どうも宮女同士の諍いやいじめというのは、多かれ少なかれ、どこの妃嬪の宮殿でもあることらしい。

薫春殿でも蔡美宣の不真面目さに金苑がピリピリしていることがある。金苑が人格者であり、恩永玉が間に入っていることで、今はなんとかなっているが、馬が合わない者同士が四六時中顔を突き合わせているのは苦痛だろう。

そこで私は後宮内に、もっと息抜き出来るような場所や、楽しめる娯楽があればいいのではないかと考えたのだ。

それも、どこに所属しているかにかかわらず、たくさんの宮女が楽しめる娯楽である。それを雨了に伝えると、賛成してくれた。

娯楽と簡単に言っても、立案やら準備やらでやることが多くなってしまう。全部自分でやるのは無理だ。私には舞の練習もあるのだし。だから、まずは任せられそうな人を探すことを勧められたのだ。

貴妃になるのであれば、今後は人を使う能力も必要になってくるから、その練習にもなる、ということである。

そこで蔡美宣の出番だ。薫春殿に来たばかりなのもあって、他の宮女より仕事の配分は少ない。それなら、蔡美宣に娯楽の立案をしてもらうのはどうだろうか。

私はそれを蔡美宣に説明した。

「はあ、娯楽ですか」

「ええ。私は舞の練習と、凛勢に渡された本を読むので忙しいから、どんな娯楽がいいか、まず蔡美宣に考えてもらえないかと思ったのよ。蔡美宣は舞台鑑賞が好きなのでしょう。その分、私よりは娯楽に詳しいわけだし。役者を後宮に連れてくるのは難しいから、蔡美宣の好きな舞台を用意するわけにはいかないけれど、たくさんの人が楽しめる娯楽や催しを考えてくれないかしら。日中の仕事がなくて暇な時に計画してちょうだい。費用は出してもらえるって」

金銭的なことに関して私は全然分からないが、かなりの額を用意してもらえるそうなのだ。

説明をすると、蔡美宣はふむふむと頷く。

「楽しそうですわね。分かりました、お引き受けしましょう。ですが、一つだけお願いがございます」

「何かしら」

「わたくし、後宮で素晴らしい娯楽を提供いたしますから、それが成功した暁には、どうかどうか、舞の練習での付き添いをさせてくださいませっ！　一度だけでいいのですっ！」

化粧の濃い蔡美宣の顔が迫る。がっしりと手を握られ、逃げることは不可能だ。

「わ、分かったわよ。成功したら、一度だけね。だから、丸投げで悪いんだけど娯楽の件は頼むわね。あ、一応、妃嬪が参加出来る程度に低俗過ぎないようにすることと、なるべくたくさんの宮女（きゅうじょ）が楽しめるものにしてね」

「はい！　お任せください！」

　蔡美宣は胸を張る。

「よろしくね。宦官の魯順が予算なんかの詳しいことを知っているから相談するように。必要なものも用意してもらえるはずよ。とりあえず、なるべく早めに、一月程度で結果が出せるようなものをお願い」

「かしこまりました」

　私の方も悩み事が一つ片付いたので、ホッと息を吐く。

　それに蔡美宣が忙しくなれば、やかましさも多少マシになるだろう。

「一月ですか。そうですわ、一月後に月見の会を開催するというのはどうでしょう。お茶やお酒、お菓子を楽しみながら月見をするのですわ。うんと着飾って、特別な夜を過ごすのです」

　さっそく思い付いた蔡美宣がそう提案してくれた。

「月見か……いいかもね。ちょうど昨晩が満月だったから、次は大体一月後だものね」

　雨了が来月は月が一番大きく見えるのだと言っていたはずだ。気候も良く、月見にもってこいだろう。

「でも、宮女がたくさん集まれて、月がいい感じに見えるような場所ってあるかしら」

「わたくしにいい考えがありますの。可能かどうかは魯順に相談してみますわ」

「うん、そうして」

思い付きで蔡美宣に押し付けたのだが、案外まともになりそうだった。

それから数日後、蔡美宣からその件に関して報告を受けた。

蔡美宣はなんと、かつて胡嬪がいた石林殿を利用することを考えたらしい。

「ちょ、ちょっと、それって大丈夫なの？」

「問題ありませんわ。許可も取りましたし、予算もなんとか範囲内に収まりそうです。石林殿は確かにいい噂はありません。だからこそ早く別の用途に使ってしまった方がいいと思いませんか？　元はいい建物なのですから、無人のままにしていてはもったいないです」

石林殿は胡嬪が住んでいた建物として曰く付きになってしまった。現在、あの近辺はすっかり人が寄り付かないのだそうだ。

薫春殿の宮女以外には、胡嬪が恐ろしい企みをしていた件は伏せられている。しかし、薄々何かあって処罰されたとは思われているだろう。宮女だけでなく、衛士や宦官もかなりの入れ替えがあったのだから。

そんなわけで石林殿は主人を失い、無人になった。

そこを別の用途に使ってしまえば、そのうち古い記憶が塗り替えられ、印象も変わるだろうと蔡美宣は主張する。

少し躊躇う気持ちはあるが、取り壊すには時間も予算もかかるらしい。放っておくよりはいいのかもしれない。

「石林殿は土台からして少し高い位置にありますし、周囲に視界を遮るものもありません。二階部分を改装して月見台として使うのですわ！　わたくし、設計図も書きましたし、手の空いている宦官と衛士を回してもらい、簡単にですが改装工事をすることにしました」

「せ、設計図⁉」

蔡美宣の口から出た言葉に私は目を丸くした。

「ええ、これです」

差し出された紙をチラッと見れば、かなり本格的な図面である。

「こ、これを蔡美宣が？」

「そうです。計算に狂いはないはずですが、気になるところがございますか？」

「いえ……ないけど……」

設計まで出来るとは、蔡美宣って一体何者なのだろうか。

ついそう思ってしまったのだった。


私は舞の練習をこなしつつ、忙しい日々を送っていた。

黄嬪のおかげで上達し、振り付けも調整して、このままもう少し完成度を高めれば舞を披露しても恥ずかしくないくらいになるだろう。

凛勢との練習がない日にも、薫春殿で自主練をしている。宦官の魯順にはその際も世話になっていた。魯順は胡弓も弾けるので、練習でも伴奏をしてくれるのだ。

何度か動きを確かめて、私は足を止める。

「ふう……魯順、今日はここまでにしましょうか」

私は額を拭いながら魯順に声をかけた。

「は、はい。お疲れ様でした。あの……凜勢様が僕のことを何か言っていませんでしたか？」

宦官の魯順は女性のような甲高い声でそう言った。挙動不審な態度でオドオドしている。胡弓も弾けるし、宦官の仕事もなかなかに有能なようだが、あまり自信がなく緊張しがちな性質なのが惜しい。

「特に何も言ってなかったけど……」

「そ、そうですか」

魯順はガクリと肩を落とした。

元々魯順は凜勢の補佐役をしていたそうだ。きっと、後宮ではなく、政治に関わる仕事がしたいのだろう。楊益のように気楽な立場を望むのは少数で、政治に関わりたがる宦官は多い。

私は魯順を慰めるように声をかけた。

「大丈夫よ。式典が無事に終わったら凜勢のところに戻れるはずだから、それまでもうしばらくの期間、練習に付き合ってくれるかしら」

「も、もちろんです！　こちらこそすみませんでした！」

「気にしないで、それより……」

蔡美宣に娯楽の話を振ってから、半月近く経っている。そろそろ経過を聞きたいところだったので、魯順に聞こうとしたのだ。

「し、失礼しますっ！」

しかし魯順はカーッと顔を赤くして走り去ってしまった。

どうしようかしら。

そう思った時、蔡美宣の声が聞こえた。

「しゅ、朱妃！　大変ですわー！」

突然蔡美宣がものすごい勢いで走り寄ってきたので、私はギョッとする。

「蔡美宣！　お待ちなさい！」

勢いのまま飛びつかれそうになったが、その前に金苑が体を張って阻止してくれた。

「金苑、ありがとう」

私の代わりに蔡美宣に抱き付かれてしまった金苑にお礼を言うと、彼女は淡く微笑んだ。

「当然のことです」

さすが金苑。薫春殿一の有能宮女である。

しかし蔡美宣には表情をころっと変え、氷のような目付きをして引き剥がしていた。

「蔡美宣、朱妃に馴れ馴れしいですよ。貴方はこの薫春殿の宮女なのですから、節度を持って……」

「ですがですが、大変なのですー！」

蔡美宣はワタワタとしている。金苑のお小言も耳に入らないようだ。

「もう、分かったから。それで、何かあったの？」

「幽霊です！　幽霊が出たのですわー！」

その叫びに、私は金苑と顔を見合わせた。

「幽霊でしたら薫春殿にもいるでしょう」

金苑は淡々と答える。

もちろん、汪蘭のことである。彼女の存在は薫春殿には周知の事実なのだ。いつのまにかちょっとした仕事を片付けておいてくれているので、薫春殿の宮女は誰も怖がらない。外つ国の昔話に出てくるお手伝い妖精のようだと言っているくらいなのだ。

「あら、そうでしたわね」

汪蘭のことを思い出したのか、途端に蔡美宣はケロッとした顔になる。

「金苑、大丈夫そうだから仕事に戻って。蔡美宣の話は私が聞いておくから」

「かしこまりました。何かありましたらお呼びください」

キビキビとした動きで金苑は戻って行った。

「それで幽霊って、どうしたの？」

「それがですね――」

どうやら、改装工事中の石林殿に幽霊が出たらしい。蔡美宣本人が見たわけではないそうだが。

――発端は、夜間に見回りをする衛士。

複数人で灯りを持ち、後宮内の見回りをしていたところ、石林殿に明かりが見えたのだという。

日が落ちてからは改装工事もしていない。しかも深夜のことだ。宮女か宦官が忍び込んでよからぬことをしているかもしれないと、石林殿に近付いたそうだ。

「すると、そこから聞こえたそうです」

「何が？」

「歌、です。女性の玲瓏とした歌声が響いてきたのですって」

衛士は二階の窓辺に女の姿を見たらしい。灯りがあっても僅かな光でしかないはずだが、絢爛な着物がよく目立ったそうだ。

「宮女が忍び込んで歌っていたんじゃないの？」

あの石林殿は石造りの建物だし、歌えばよく声が響いて気持ちいいだろう。夜で人気が少ないなら尚のこと。

「まあ、そう思いますわよね。衛士も同じように考えて、一階の窓や出口を塞ぎ、逃げられないようにしてから石林殿に入ったそうなのですが――」

何故か語りがちょっと怖い。これは蔡美宣も楽しんでいるなと気付いた。

「衛士の一人が石の階段をひたひたと上っていくと……ピタリと歌声は止んだそうなのです。しかし、一階の出口や窓は塞いでいますから、逃げられません。外の地面にも石が敷いてありますし、二階建てとはいえ、なかなかの高さがありますから、飛び降りたらただじゃすみませんわよね」

「運動神経がいいとしても、飛び降りたら着地の音がするものね。それはないわけか。それで？」

ふむ、と頷き、先を促す。

「衛士は部屋に入って、灯りで室内を照らしたのだそうです。しかし、歌っていたはずの女は……影も形も見当たらず――」

「へぇえ……」

つい合いの手を入れてしまう。語りがちょっと怖くて面白い。

「――そう、忽然と消えてしまったのです！　つまり……歌っていたのは幽霊だったのですわ！」

「隠れていただけじゃないの？　改装工事中でしょう。置いてある道具の物陰か何かに潜んでさ」

蔡美宣はフルフルと首を横に振った。

「いいえ、出入り口を見張っていた衛士を呼んで、複数人で建物中をくまなく探したそうです。人が入れそうな隙間は全て確認したのだとか。でも、見つからなかったのですって」

「じゃあ、秘密の出入り口があるとか？」

実は薫春殿にもこっそり脱出出来るようになっている抜け道があるのだ。

「ありえませんわ。わたくしも実際に建物を確認しましたが、そういったものはありませんでした」

では、本当に消えてしまったかのようだ。

「その晩だけではありませんの。時折、歌が聞こえるのだとか……」

「でも実害がないならいいんじゃないの？」

歌声が聞こえるというとちょっと気味が悪い気もするが、歌いたいなら勝手に歌わせておけばいい。

妖だとしても円茘やろくのような、いい妖なら放っておいても構わない気がする。

後宮には悪さをしない妖がちょくちょくいるのだ。

「まあ、そんなことはありませんわ！　もうすでに宦官たちに怖がられて、改装工事が遅れていますの。このままでは満月までに間に合わず、月見の会が中止になってしまいます！」

「確かにそれは困るわね」

後宮での娯楽のために予算も時間も割いているのだ。無駄にしたくない。

「それに、胡嬪の幽霊ではないかと言う者までおりまして。……朱妃への恨みを歌っているのでは、と噂されてしまい、わたくし悔しいのですっ！」

蔡美宣はむうっと唇を尖らせた。

この半月、蔡美宣はなかなか忙しそうに働いていた。やる気さえあれば有能らしい蔡美宣が、ここまで頑張っていたのだ。そんな騒ぎで中止になってしまうのは私としても歯痒い。

それに、胡嬪の幽霊というのは絶対にあり得ないからだ。

私は胡嬪の最期に立ち会った。

玉石に騙されて幻を見せられて、体が石のように硬くなって崩れていった胡嬪。あの時の彼女には、恨みという感情すら、もう残っていないように見えた。

それに、後宮には壁巍による結界がある。仮に恨みを持った幽霊になっていたとしても、入ってこられないはずである。

「歌っているのが妖か人か、今の段階じゃ分からないけど……それでも胡嬪のはずはないわ」

「わたくしもそう思います。胡嬪は歌が上手だった、なんて一度も聞いたことないですもの。幽霊だとしても、元々歌うのが好きな人ならまだしも、死んでからわざわざ歌うなんて考えられません。わたくしがもし幽霊になったら、舞台を特等席で見放題しますわ！　ああん、素敵です！」

想像しているのか、頬に手を当て、くねくねしている蔡美宣。

彼女らしい言葉に私は笑ってしまった。

遅刻はするし、騒がしくて、うざったく感じることもあるが、こういうところがなんとも憎めないのである。

「でも、怖がって工事が進まないのは問題よね。ねえ、私も一度現場に見に行きたいわ」

「では、今から参りますか？」

「いえ、夜に。だって、夜にしか出ないのでしょう」

「さすがは朱妃！　とっ捕まえてやりましょう！」

「さすがにそこまでは……。人間だったら叱るくらいにとどめておくわよ。でも、そうと決まれば少し昼寝をしておこうかしら」

「まあ、いい考えですわ」

夜中に活動するのだし、仮眠は取っておくべきだろう。

そして深夜。

私は蔡美宣と、それから護衛としてろくを連れていくことにした。

ろくは強いから、本当に妖だったとしてもなんとかなる。

薫春殿を出る際にも、金苑と恩永玉にだけは伝えているが、硬く口止めをしてきた。人間だった場合、どこで聞かれているか分からないからだ。

「さあ、行くわよ」

灯りも持ち、準備は万端である。

「眠いですわ……」

しかし蔡美宣はぐんにゃりとしていて、目が半分しか開いていない。私に倣って昼寝をしようとしたが、仕事がまだ残っていたらしく、金苑に叩き起こされてしまったらしい。

「明日は特別にお昼まで寝ていて構わないわよ。金苑にそう伝えておいてあげるから。ほら、行きましょう」

眠そうに目を擦る蔡美宣を引っ張って、私は石林殿に向かった。

以前にも蔡美宣と二人で歩いた、石ばかりでやや埃っぽい道を通る。かつて願かけに使われていた池はもう埋め立てられており、白い石も全て撤去されていた。

「そういえば、ここに花を植えたいのです。この辺り、石ばかりで殺風景でしょう。気分が明るくなるようなものがあった方がいいと思いまして。ただ、もう秋なので、今から植えるとなると難しいですわね」

元々石ばかりで殺風景なのに、無造作に池を埋め立てただけなので、どことなく荒んだ雰囲気がある。蔡美宣の美的感覚は鋭く、確かにそれだけで随分雰囲気が華やぎそうだ。

「それじゃあ、とりあえず植木鉢を置いたらどう？　寒さに強い常緑の木を置いただけでも雰囲気は変わりそう」

「なるほど。土を入れ替えて種を蒔くより早いですね」

「それから月見の時は夜だから、転んで怪我する人がいないように、足元に灯りが必要だと思うわ」

「でしたら道沿いに色鮮やかな紙灯篭を置くのもいいかもしれません」

そんなことを話しながら歩く。

今も灯りを持ってきているが、今晩は新月なため、かなり暗い。

足元に石が落ちていたら蹴躓いてしまいそうだ。なるべく気を付けながら歩いていると、ふと何かが聞こえた気がした。

　足を止めて耳を澄ます。

「朱妃？」

「しっ、静かに！　歌が聞こえるわ！」

　蔡美宣は慌てて口を閉じ、耳を澄ますように、耳に手を当てている。

　かすかに女性の歌声が聞こえてくる。

「本当ですわ」

「まだ気付かれてないわね。逃げられないよう、灯りは消すわね」

　灯りを消すと辺りは真っ暗だ。しかし、私にはろくがいる。

「じゅうっ」

　黒猫のろくは闇に溶け込んで見えないが、私の足に体を擦り付け、先導してくれるのだ。

「暗くて何も見えません！」

「こっちよ、行きましょう」

　私は蔡美宣の手を引っ張り、無事に石林殿まで到着した。

ここまでくれば歌声はハッキリ聞こえる。

玲瓏たる澄んだ歌声だ。情熱的でありながら、どこか切なくなる歌声。少しだけ歌を学んだけれど、すぐにダメ出しをされた私からすると、ものすごく上手いとしか言えない。

「綺麗な歌声……」

「ええ、本当に。声質は違いますが、わたくしの大好きな舞台役者を思い出しますわぁ……こんなにも素晴らしい歌声なら、すぐさま大人気になるでしょう」

蔡美宣はうっとりとした声で言った。

私も今回ばかりは呆れるより、頷いてしまった。その魅了されてしまうような歌声は、少し習っただけの素人とは思えない。巧みな技術を感じるのだ。

「ねえ、蔡美宣。歌う仕事をしていた経験がある宮女に心当たりはない？」

噂に詳しい蔡美宣であれば、どこの宮女なのか分かるかもしれないと思ったのだ。

しかし蔡美宣はあっさりと首を横に振る。

「存じません。宮女はほとんどが官吏、武官など上流の家柄出身で、稀に商家出身の娘がいるくらいですわ。そういうお堅い家柄の娘であれば歌う仕事は親が許しません。

手習いとして歌を学んでいた娘なら少なからずおりますが、ハッキリ言って桁違いの実力です。それに、こんなに素敵な歌声ですから、幽霊とは思えませんわ」

桁違いの実力というのは私も同意見だ。

それに妖(あやかし)が見える人はそう多くない。幽霊宮女(きゅうじょ)の汪蘭が見えず、声も聞こえないのに、こちらの幽霊の歌声だけ結構な人数が聞いているのはおかしい。

「やっぱりそう思うわよね」

「というか、わたくし、この曲を知っています。有名なお芝居の曲ですもの」

「え、そうなの？」

さすが、芝居や役者が好きな蔡美宣である。私は聞いてもまったく分からなかった。

「ええ。満月哀歌(みちるつきのかなしみのうた)ですわ。後宮が舞台なんです。名前は架空のものですけれど、本当にあったとかなんとか」

「どんな内容なの？」

「ずうっと昔の、歌が上手い愛妃が嫉妬深い皇帝から不貞を疑われてしまうのです。無実の愛妃は月の女神に自らの潔白を証明するように頼んで歌うと、新月だというのに月が満ちて満月となり、愛妃の潔白を示すという歌ですわ。しかし最終的にその愛妃は、すれ違いの果てに皇帝に首を斬られてしまうという悲劇のお話で、後宮七不思議の一つにもなっているのではなかったでしょうか。朱妃は後宮七不思議をご存知ですか？」

「ああ、以前聞いたことがあった気がするわね。全部は知らないけど」

なるほど、と私は頷く。胡嬪の幽霊という噂だけでなく、後宮七不思議もあったため、恐怖を感じた者が少なからずいたのだろう。

そんな話をしているうちに、石林殿の入り口に辿り着く。

「それじゃあ、石林殿に入ってみましょうか」

扉をそっと開けて、室内に入る。

閉める時も極力静かにしたつもりだが、扉が重くてバタンと音を立ててしまった。

そのせいか、歌声もピタリと止む。

「気付かれてしまったみたいね。まあ、それなら仕方ないから、灯りを付けちゃいましょう」

「逃げられてしまうでしょうか」

「どうかしら。抜け道がないのなら、私たちがこうやって出入り口にいる以上、簡単には逃げられないわ。衛士が踏み込んだ時も、ずっと部屋の中にいたんじゃないかと思うのよね」

「探しても見つからなかったのにですか？」

「とにかく行ってみましょう」

ろくを抱き、ひんやりとした石造りの階段を上がる。木のようにミシリと軋む音は立たないが、ヒタヒタという自分の足音がやけに気味悪く感じる。きっと、ここに来た衛士もそう感じたのだろう。

階段を上がってすぐのところに、木の扉がきっちりと閉められていた。二階は複数の部屋があったそうだが、壁を打ち抜いて、今は広間に改装しているのだと蔡美宣から聞いている。

木の扉を開けると、真っ先にろくが飛び込み、じゅうと鳴く。おそらく、大丈夫の意図だろうと判断して私と蔡美宣も後に続いた。

室内は真っ暗で、灯りがない。

持参した灯りで周囲を照らした。

二階丸ごとぶち抜きなのでかなり広い。一応端まで灯りは届いているが、蝋燭がゆらりと揺れるたびに隅っこの影が蠢いているように見えてしまう。どことなく不気味な雰囲気が漂っていた。

「だ、誰もいませんわね……」

蔡美宣もそう思ったのか、声が上擦っている。

見回したが、改装工事中のため、家具は未設置である。人間が隠れられそうな場所は少ない。

床はひんやりとした石が敷き詰められていて、抜け道になりそうな出入り口が隠されているようには見えない。

床を叩いてみたが、どこも同じような硬い音しかしなかった。

「二階も石造りなんてね。重くて壊れたりしないものかしら」

「この建物はかなり古く、胡嬪が使うよりずっと前から後宮にあったそうなのですが、土台から石造りで、かなりしっかりしていますわ。木造より頑丈で丈夫なのだそうです。かつて、外敵に攻め込まれた際には、籠城に使われたこともあるそうですから、ちょっとした砦になりますね。重すぎないようにするためか、二階の室内の仕切りは木造でしたから、簡単に取っ払えましたわ」

その時、ろくがじゅうと鳴いて私を呼んだ。

「ろく、どうしたの？」

工具のような改装工事に使う道具がまとめて置かれているところだ。そこに玻璃の覆いがついた燭台があった。

手のひらを近付ければ、まだほんのりと温かい。

「これ、ついさっきまで灯りがついていたんだわ」

「じゅう！」

ろくもそうだと言うように返事をした。

やはり幽霊ではない。幽霊なら灯りなんて必要ないからだ。

「ろく、お手柄ね！」

わしゃわしゃ撫でると、ろくは満足そうに鼻息を漏らしている。

「幽霊じゃないにしても、人間も見つかりませんわね。わたくし、少し疲れましたわ……眠いですし」

蔡美宣はあくびをしながら、手近な木箱にどっかりと腰掛けた。

ろくはそんな蔡美宣に視線を送り、んじゅう……と呆れた声を上げている。

私はもう一度、部屋の中を見回した。

人間が隠れられそうな大きさの場所はない。そもそも工事中で遮蔽物は少ないし、家具もないのだから。蔡美宣が腰掛けたのと同じ大きさの木箱がいくつかあるくらいだ。

その木箱もさほど大きくなく、一人掛けの椅子に使える程度のものだ。おそらく工具をしまう用途の木箱なのだろう。

私くらい小柄でもこの木箱に入るのは厳しい。ろくならうんと小さな箱でもするんと入れるけれど普通の人間には無理だ。猫は時折液体と称されるくらい体が柔らかい。まるで骨がないみたいに。

私はふと思い立ち、手近な木箱を開けてみた。中には思った通り、釘や工具類が入っている。他の木箱も似たり寄ったりだ。

「朱妃、何をしているんですか？　まさか、そんな小さな箱に、人なんて入れるはずは――」

「ええ……普通なら入れないわよね」

そう、普通なら。

しかし、私は絶対に通れないような隙間を人間が通るのを見たことがあった。

夏に、雨了の静養のために向かった知州の離宮でのことだ。巴蛇に体内を食われてしまった陸寧が、信じられないくらい細い隙間を通って侵入してきたのだ。

まあ、あれは中身が蛇だったから、普通の人間と違って硬い骨格部分がなかったわけだが。

この部屋の木箱は全て開けた。あと確認していないのは、蔡美宣が座っている木箱だけである。

私は口の前に指を立て、蔡美宣に声を立てないようにさせた。

そして、彼女が座っている木箱から立つように促したのだ。

蔡美宣は訝しげな顔をしながらも立ち上がる。

「出てきなさい！」

私はそう言いながら、木箱の蓋を開けた。この木箱が最後だから、もうここしかないはずだ。

開けた途端、絹を裂くような悲鳴がした。

蔡美宣である。

「ひいぃぃっ！　し、した、死体ですわぁっ！」

彼女はそのままドタッと床に倒れ込んだ。

木箱にはみっちりと人間の体が詰まっている。

蔡美宣はそれを見て死体だと思い、腰を抜かしてしまったのだ。

「蔡美宣、大丈夫。生きてるわよ」

「……へ？」

蔡美宣は腰を抜かしたまま、ポカンと口を開けている。

「えっと、貴方、魯順よね？　怒らないから出てきて」

私がそう言うと、木箱にみっちりと詰まった魯順がゆっくり這い出てきた。それをみて蔡美宣がまた悲鳴を上げた。

「す、すみませんでした ぁ……」

女性のような甲高い声は、宦官の魯順のものに間違いない。顔が真っ赤なのが薄暗くてもはっきり見える。

「蔡美宣、落ち着いて。魯順よ。ほら、最近、薫春殿で、私の舞の練習に付き合ってくれている宦官の」

「え、魯順……？　本当ですわ」

蔡美宣は魯順を見て目をぱちくりとさせていたが、着物に目を止めてガバッと起き上がる。

「あら、その着物、蓉嬪がくれたものですわね！」

魯順が身に纏っていたのは、蓉嬪が最後のお茶会の時に着ていたギラギラした舞台衣装である。蓉嬪は後宮を去る時に、いらないからと薫春殿に押し付け——もとい、くれたのだ。これなら遠目に見た衛士（えじ）からも、絢爛な着物を身に纏っているように見えたのだろう。

「あ、あの、朱妃、どうして僕だと分かったのですか」

魯順はバツが悪そうに首をすくめている。

「最初から幽霊じゃなくて、人間が隠れているんだろうなって思ったの。この部屋には人間が入れそうなのは木箱しかないじゃない。まあ、うんと小さいから普通の人は入れないわよね。だから衛士（えじ）もまさか入っているなんて思わなかったんでしょう。でも、魯順は雑技団にいたって前に言っていたもの。それなら、軟体技でこんな小さな木箱にも、入れるんじゃないかって考えたのよ」

「まあ、そういうことでしたのね！」

　蔡美宣はポンと手を打った。

　それに、部屋に入った時のろくの雰囲気から、危険がないのは気付いていた。ろくは賢いから、人間でも害意の有無を察知出来るのだ。バレたからには帰すわけにはいかない、と襲ってくることもないと思ったわけなのである。

　私はろくを抱き上げてよしよしと撫でた。

「それに歌もそう。魯順は声が高いから、歌声は女性みたいに聞こえるんじゃないかって。歌がすごく上手なのも、雑技団で歌っていたからなのかしら」

「は、はい。僕は雑技団で女の子の格好をして、軟体技や、綱渡りをしながら歌うって芸をやっていました」

「やっぱりね。舞の練習の時、手拍子がまったくぶれたりしないし、胡弓も上手だから、音楽をやっていたんだろうとは思っていたの。軟体技って、今みたいに小さな箱に入るのよね。骨はどうしているの？」

　宦官の中では小柄とはいえ、魯順は私より身長は高く、肩幅もしっかりある。

「関節を外せるんです。慣れたら簡単に外したり入れたり出来ますよ」

　ガコンと肩の骨を外して見せた魯順に、蔡美宣はまたも悲鳴を上げる。

「どうして出来たのか、は分かったわ。じゃあ次。どうしてこんなことをしたの？　あ、怒っていないから。理由が聞きたいだけなの」

　魯順はしばらくもじもじしていたが、ゆっくり口を開いた。

「じ、実は……僕は雑技団にいたというか、そこで生まれ育ったんです。小さい頃から舞台に上がって歌うのが大好きでした。女性の服で着飾るのも、化粧をするのだって全然嫌じゃなくて、天職だと思っていたくらいで……。でも、練習中の事故で下半身に大怪我をしてしまいました。足の方はなんとか日常生活が送れるくらいには回復したのですが、芸でやるような激しい動きはもう出来なくなって、雑技団も辞めざるを得ませんでした」

　魯順の語った話によると、雑技団を辞めた後、怪我のせいで肉体労働をする仕事には就けなかった。読み書きが出来たので宦官になったはいいが、音楽に関わる仕事を諦め切れなかったのだという。

　私の舞の練習で手拍子や久しぶりに楽器を演奏するようになり、それで余計に再び歌いたいという気持ちが抑えられなくなったようだ。

「朱妃が貴妃になる式典が終われば、僕はまた凛勢様の補佐役に戻ります。凛勢様には目をかけていただいていますし、補佐役が嫌というわけではないのです。でも、ふとした時に歌いたいという気持ちが沸いてしまうのが、凛勢様を裏切っているみたいで。気持ちがモヤモヤしてしまうのを、こうしてこっそり歌って発散をするしかなかったんです……」

「そうだったのね」

魯順は見るからに気が弱そうだし、思い詰めてしまったのだろう。

「ここは工事中だし、近隣にも人が寄り付かないから歌ってもバレないと思っていたんです。一度、衛士に見つかった時も、なんとかやり過ごせましたし……」

「確かに、こんな小さな木箱に入っているとは、とても考えられませんものね！」

私もそれには同意見だ。自分の目で見ていなければ信じられなかった。

「うーん、凛勢は魯順を気に入っているみたいなのよね。若い宦官は貴重だし、魯順は素直で物覚えがいいものね。だからこのままだといずれ補佐役に戻るでしょうけど、それがどうしても嫌ってわけではないのよね？」

「はい。せめて、たまにでいいから思いっきり歌える機会があれば……。ですが、僕は歌声がかなり大きいので、宦官（かんがん）の宿舎で歌うと、うるさいと怒られてしまうんです……」

魯順はしょんぼりと肩を落としている。

素晴らしい歌声だとは思ったが、人には好みというのもある。元気な時に聞くのはいいが、疲れて休みたい時に大音量の歌声を聞かされるのは嫌だという人もいるだろう。

「ふーん、いいじゃない。私から凛勢に許可を取ってあげる。だから、たまに後宮で歌うっていうのはどう？」

「えっ……？」

私の提案に、魯順は目をぱちくりさせた。

「次の満月に、ここで月見をする予定なの。たくさん宮女（きゅうじょ）を集めてね。その時に余興で魯順に歌ってもらうのよ。ねえ、蔡美宣、どうかしら」

考え込むように顎に手を当てた蔡美宣はコクンと頷く。

「ふむふむ……いけると思いますわ！　せっかくですから、その蓉嬪の着物を着て歌ってください。舞台化粧もわたくしがしてあげます。謎の美女が素晴らしい歌を聞かせてくれるのであれば、きっと盛り上がること間違いなし、ですわ！」

魯順は目を丸くして私と蔡美宣に交互に視線を送っていたが、ハッと我に帰り深々と頭を下げた。

「朱妃、ありがとうございます……！　僕を罰しなかったどころか、そんな素晴らしい機会まで……！」

「私は話を振っただけよ。お礼なら蔡美宣に言って。これで改装工事も再開出来そうね。衛士たちには、夜中まで居残って余興の練習をしていた者がいたから、私が言い聞かせておいたって報告するわ」

魯順は忍び込んだ以外は悪さをしていないし、おおごとにすることでもないだろう。ただ、見回りの衛士に余計な仕事を増やしてしまったことくらいだ。

また、今回のことは衛士が真面目に仕事をしていた証でもあるので、その点は評価したい。ついでに差し入れでもしておこう。

「それに蔡美宣もここまで本格的に改装工事をやっているってことは、月見の一度っきりだけで終わるのではなく、同様の集まりを何度も開きたいのでしょう。月に一回とか、季節に一回とかでしょうけれど、魯順はその機会に歌えばいいし、他にも有志を募って得意なことを披露出来るようにするのもいいわねえ。仕事とは関係なくても、得意なことってあるでしょう」

私がそう言うと、蔡美宣は満面の笑顔になる。

「朱妃にはお見通しでしたか。改装後、この建物は宮女たちの交流会に使おうと思っていたのです。趣味の集まりもいいですし、気心知れた仲間内で着飾って遊ぶのも楽しそうです。朱妃のいらない着物や、蓉嬪が置いていった化粧品なんかもありますから、宮女たちにそれを貸すのはどうです？」

おそらく、この間私が青妃に着せ替え人形のようにされたのを、各自が遊びでやるということだろう。お洒落が好きな宮女なら楽しめそうだ。

「いいんじゃやない。本を置くのもいいわね。私が読み終えた本が結構あるから。教養を深めたい宮女もいるでしょうし、討論会なんかもいいかもね」

「ええ、囲碁や賽子遊びの会など、小規模に遊ぶのもいいでしょう」

「……お金を賭けないならね」

とはいえ、蔡美宣は思っていたよりしっかりと考えてくれていたのだ。一度だけでなく、何度も使えるようにするのなら、この建物も改装工事をして過ごしやすくするのは必然である。

「それに、わたくしの考えた催しが好評でしたら、視察として陛下が見にくるかもしれません！　陛下に付き添って、噂の凛勢様や秋維成様のお顔が拝見出来るかも……ああ、美男子が見られるかもと思うと、わたくし興奮してしまいますわぁ！」

蔡美宣は拳を握り、頬を紅潮させながらのけ反っている。

前言撤回。

蔡美宣はまったくぶれない。

魯順も蔡美宣のおかしな行動に引き攣った顔をしている。

「本当に……真面目にしてくれていれば有能なのに……」

そう呟きが漏れてしまう。ろくも呆れた声でじゅう、と鳴いたのだった。

そして半月後、蔡美宣は随分とバタバタしていたようだが、石林殿の改装工事も無事完了し、月見の会が開かれると宮女たちに告知された。

参加は自由。妃嬪に宮女、そして宦官も、好きな時に来て、好きな時に帰っていいという会である。

当日、天気も崩れることなく、日が暮れた頃には、今年一番の大きな満月が鏡のように光っていた。

「いいお天気になってよかったわ」

蔡美宣は準備のために朝から大忙しのようだ。

私は金苑と恩永玉を連れ、ぞろぞろと向かう。残念だが今日は汪蘭とろくは留守番である。

石林殿に向かう道中、端に色鮮やかな紙が巻かれた紙灯篭が一定間隔で置いてあり、足元を照らしている。

「わあ、紙灯篭が可愛いですね。お祭りみたいで気分が盛り上がります！」

恩永玉が弾んだ声を上げた。

「ええ、本当に。この道はかなり殺風景でしたが見違えましたね。蔡美宣を見直しました」

いつも蔡美宣に厳しい金苑ですら褒める言葉が出てくる。

紙灯篭はただの道が華やかになる上、足元が明るくなって安全だ。

道ゆく宮女（きゅうじょ）たちも、いつもより少しおめかしをしており、ウキウキと楽しそうにしているのが漏れ聞こえる会話から伝わってくる。

「あっ、黄嬪！　あちらに朱妃がいらっしゃいますよ！」

そんな中、一際明るく大きな声が聞こえた。潘恵の声だ。

「こ、こんばんは。朱妃たちも月見の会に参加ですか？」

黄嬪が潘恵に手を引かれて私のそばにやってきて、挨拶をしてくれた。

「ええ。黄嬪と潘恵も来てくれたのね」

「は、はい。薫春殿の宮女が主導になった催しだと伺いました。わ、わたしたちまで誘っていただいて、ありがたいことです」

黄嬪の声も弾んでいる。

「どこの所属とか関係なく、黄嬪も潘恵も、今日は楽しんでね」

「あ、ありがとうございます！」

来て早々に意地悪な宮女に嫌がらせされて、大変そうだった黄嬪だが、後宮で楽しく過ごしてもらえたら嬉しい。

石林殿に辿り着くと、外観の雰囲気がすっかり変わっていた。

「わあ、すごいですねぇ」

恩永玉が目をぱちくりさせている。

石林殿は元々くすんだ灰色をした石造りで、飾りっ気がない建物だったが、格子窓などの細部に鮮やかな丹が塗られ、あちこちに布や花が飾られて華やかになっていた。

また、二階に改装工事で取り付けたらしい露台も見える。外から見た感じ、なかなか広くて立派な露台だ。ちょっとした舞台のようにも見える。そんなところは蔡美宣らしい。

入り口付近で、忙しそうに指示を出す蔡美宣を見つけた。

「蔡美宣、すごいわね。石林殿も随分雰囲気が変わって……」

「まあ朱妃。もう石林殿ではありません。本日からここは観月亭（かんげつてい）ですわ」

「あ、そうか。名前を変えたのね」

「はい。名前と印象を変えたらもう別物です。きっと一年も経てば、みんなこの状態に慣れて過去のことは忘れてしまいますわ」

そうなるといい。

時には忘れないのも大切だけれど、悲しいことはいつまでも引き摺る必要はない。

「それで、どんな感じ？」

「夕方から盛況です。もう帰られましたが、さっきまで青妃もいらしていました。お祝いにお花とお菓子をいただきました」

「あっ、何も考えてなかったわ。私も何か用意した方がよかったのかしら」

完全に失念していた。そういうのも必要だったのか。

焦る私に蔡美宣は微笑んだ。

「大丈夫ですわ。金苑が用意しておいてくれました」

「ありがとう！　さすが金苑ね」

「そうなんです。金苑は気が利くし、すごいんです」

恩永玉が大きく頷きながら、自分のことのように自慢げに言う。金苑はみんなから褒められて少し恥ずかしそうだ。

「さあ、中に上がってください。本日は無礼講となっておりますから、よその宮女が多少羽目を外していても、ご容赦くださいまし」

「ええ、もちろんそうさせてもらうわ」

観月亭の室内に入る。

室内も美しく整えられていた。あちこちに花が飾られ、簡素な石の壁には鮮やかな色の布が貼られているのだ。

特に二階はひんやりとしていた石の床に、柔らかい敷物が敷き詰められている。ぶち抜かれた部屋は広々としていて開放感があり、急拵えの広間とは思えない。

灯りも多く、改装工事中のような不気味な雰囲気はすっかりなくなっていた。

あちこちで宮女たちが床の敷物に座り、菓子を食べ、おしゃべりに興じている。部屋の隅には楽器や鏡が置かれ、白粉や紅を試している宮女や、胡弓を引く宮女など、それぞれ思い思いに過ごしていて、楽しそうだ。

「朱妃、露台に行ってみませんか？」

恩永玉や金苑と共に窓の外に取り付けられた露台に出た。

月を見るために、露台は灯りが控えめである。

手すりに掴まり空を仰ぐと、秋の冷たい風が頬を撫でていく。

ちょうど夜空の天辺付近に満月が上っていた。

一年で一番大きいというだけあって、眩しいくらいの満月だ。月の模様もはっきりと見える。

月に負けないくらい周囲の星も輝き、うっとりするほど美しい。

「朱妃、そろそろ始まるようですよ」

恩永玉に袖を引かれて露台の隅に寄る。

何かと思えば、魯順が露台の真ん中に立っていた。これから余興の歌が始まるのだ。蓉嬪がくれた絢爛な衣装を身に纏い、蔡美宣にしてもらった舞台化粧をした魯順の姿は、宦官には見えない。堂々とした佇まいも、まったく別人のように見えた。

月の光を浴びて立つ魯順は、まるで月の女神のような神聖な雰囲気さえ感じる。

魯順が歌い出すと、おしゃべりしていた宮女たちがピタッと話すのを止めた。前にここで歌っていたのとは違う歌だ。それでも美しい旋律に変わりはない。

ほろ酔いでうとうとしていた娘も目を覚まして注視している。広間の宮女たちがみんなうっとりした顔で聞き入っていた。

それだけ魯順の歌には力があるのだ。こっそり歌うなんてもったいない。

一曲が終わって、魯順が下がった後も、周囲の宮女はしばらくぼんやりとしていたが、突然我に返ったかのように盛大な拍手が広がった。

「――以上、後宮に舞い降りた女神の歌でございました。さて、次にどなたか披露する方はいませんか？　舞でも楽器でも、飛び入り歓迎ですわ」

そんな蔡美宣の声が聞こえる。

しかしあまりに魯順の歌がすごかったためか、宮女はみんな躊躇って動こうとしない。

「あら、朱妃が露台にいらっしゃるわ。何かなさるのかしら」

そんな声がヒソヒソと聞こえてくる。

たまたま露台に出ていたせいで勘違いされてしまったようだ。期待の目で見られてしまったが、勘弁してほしい。

しないと首を横に振り、広間に戻ろうとしたところで、不意にこちらを見ていた蔡美宣と目があった。

ニッコリ笑う蔡美宣に嫌な予感が這い上がる。彼女は一際大きな声で言った。

「もしかして朱妃が舞を見せてくれるのですか？」

蔡美宣はまったく空気を読まない。

しかし、魯順の後となるとやりにくいのは私にも理解出来る。

さっきまで胡弓を引いていた宮女も手を止めてしまっている。魯順があまりにも歌が上手だったため、後続が出にくくなってしまったのだ。

当然、私も魯順の後に舞を披露するのはごめんである。まだまだ未熟なのを理解しているし、貴妃になる式典より早く披露するのは躊躇われた。私が舞を練習するのは雨了のためなのだから。

しかし、そんな私の気持ちも知らず、蔡美宣は能天気そうな顔で私に向かって手をひらひらと振ってくる。

どうすれば空気を悪くせず丸く収まるだろうか。そう思った私の肩を叩く手があった。黄嬪だ。

「あ、あの、わたしが出ます。朱妃が困っているように見えて……いいですか?」

「もちろん。ちょっと困っていたの。助かるわ」

私がそう言うと、黄嬪は垂れた目をさらに垂れさせてふにゃっと微笑んだ。

「見ていてください」

潘恵は少し心配そうに太い眉を寄せていたが、花器に挿してあった紅葉の枝を黄嬪に渡した。

黄嬪はそれを手に踊り始めた。トントントン、と床を足で鳴らす。

伴奏があるわけではないのに、自然と視線が引き寄せられてしまう。

黄嬪は特別難しい動きはしていない。体を逸らし、手足を伸ばしてクルッと回転する。それだけなのに、しなやかで目を惹く美しさがあった。

黄嬪は長々と踊ることはなく、少しだけ踊ったところで足を止め、その場でスッとお辞儀をした。

「これで終わりです。ああ、緊張しました！」

踊ったのはほんの少しなのに、ハアハアと息を荒くしている。きっと、よっぽど緊張したのだろう。

黄嬪の舞は美しかったが、短く切り上げたので、参加することへの抵抗がなくなったようだ。踊り終えて顔を真っ赤にしている黄嬪が親しみやすい雰囲気を醸（かも）し出しているせいもあるのかもしれない。

次は胡弓（こきゅう）を手にした娘が露台に来て、弾き始めた。

聞いている宮女（きゅうじょ）たちの雰囲気も和んでいる。

私たちも次に出ましょうよ、と誘いあっている宮女（きゅうじょ）たちがいて微笑ましい。

「ありがとう、助かったわ」

隅に寄った黄嬪にお礼を言うと、真っ赤な顔のまま、手をパタパタと動かした。

「い、いえいえ。わたしこそ、朱妃には助けられましたから……少しはお役に立てましたか?」

「もちろん」

黄嬪はまたふにゃっとした笑みを見せた。

「えへへ、わたし、後宮に来てよかったと思います。今夜もとっても楽しいです」

「そう、よかった」

神招きは決まりごとが多いと黄嬪が言っていた。きっと厳しくて、大変だったのだろう。

「季節ごとにこういう会を開くそうよ。でも年末年始は忙しそうだから、次は年明けかしらね」

「そうなんですか」

ふと、黄嬪は顔を逸らし、露台の手すりを掴んで空を仰いでいる。

私も同じように手すりを掴み、空を見上げれば眩しいくらいの月が目に入ってくる。

「……次も、参加したいなぁ……」

独り言のような、そんな小さな呟きがかすかに聞こえた。

次も一緒に参加しよう。そう言おうとしたところで背後から声をかけられた。

「朱妃、黄嬪、一緒に占いをしませんかってお誘いです。行きませんか?」

恩永玉がそう言った。

「へえ、占い?」

「わたくしの故郷の占いをやっているんです。ちょっとしたお遊びですけれど、ご一緒にいかがですか?」

顔だけは知っている宮女が言った。

恩永玉や金苑の知己の宮女らしい。

せっかくなので、私と黄嬪もそちらに混ぜてもらうことにした。

「占いって、どんなことをするのかしら」

「簡単ですよ。今日のような満月の夜に、水を入れた鉢に針を浮かべるのです」

宮女たちが水を入れた鉢を中心にぐるっと輪になり、手には縫い針を持っている。

「針をそーっと入れてください。浮いた針がどう動くかで未来を占うんです。焼いてある針なので大抵は浮きますけれど、もし、すぐに沈んでしまった場合は凶です」

「へえ、面白そう」

焼いた針は沈みにくいが、水面を揺らしたり、振動を与えたりすると、沈んでしまうから気を付けて、そっと入れないといけないらしい。

見れば恩永玉や金苑も針を浮かべて一喜一憂している。

「私の針と金苑の針がくっ付いています。こういうのは？」

「それは仲良しの証ですね。今後も大きな喧嘩はしないでしょう」

宮女はそう言う。

「わあ、金苑と仲良しですって。嬉しいです！」

恩永玉はニコニコと嬉しそうだし、金苑も微笑んでいる。二人とも楽しそうだ。

「黄嬪もどうぞ」

「いえ、わたしは見ているだけで……」

「じゃあ、次は私が入れてもいい？」

私がそう言うと、宮女から針が渡される。

「ええ、どうぞ。針なのでお気をつけくださいませ」

「そーっと入れるのよね」

ドキドキしながら針を水面に乗せる。

しかし、手が震えてしまったのか、針は水面を揺らし、すぐに沈んでしまいそうだ。

「あっ——」

と、そこに、黄嬪が突然よろめいて床に手をつく。振動でかろうじて浮いていた針たちが全て沈んでしまった。

「ご、ごめんなさい！　足が痺れて転びそうになってしまいました……！」

あー、と残念そうな顔の宮女たちに、黄嬪はぺこぺこと何度も頭を下げて謝っている。

しかし、あくまでただの遊びだ。宮女たちは気を取り直して、また新しく占いを始めた。

「朱妃、すみません。わ、わたし、本当にどじで……」

わたわたと謝る黄嬪に私は言った。

「ううん、もしかして、針が沈みそうだから助けてくれたの？」

黄嬪が全部の針を沈めたから誰も気にしなかったが、私の針だけ沈みそうだったのだ。一人だけ凶というのは少々バツが悪い。

「な、なんのことでしょう」

口ではそう言うが、目が泳いでいる。黄嬪は嘘が下手なのだろう。そんなところも微笑ましい。

「黄嬪、そろそろ帰りませんか？」

黄嬪の後ろで黙っていた潘恵がそう言って黄嬪の袖を引いた。

「まあ、もう帰るんですか？　潘恵も一緒に遊びませんか？　お菓子もありますよ」

恩永玉が引き留めているが、潘恵は断っている。

「いいえ、その、ええと……早く寝ないと……」

「そうなんですか？」

「そ、そうだね、潘恵。帰ろうか。わたしたち、いつも早寝をしているから、潘恵も眠くなってしまったみたいです。お先に失礼します。朱妃、今日はありがとうございました」

「こちらこそ、さっきも今も助けてもらったし。また遊びましょうね」

黄嬪はペコリと頭を下げ、一足先に帰っていった。

残った私たちは盤上遊戯で遊んだり、お菓子を食べたりと楽しんだ。満月にちなんで、丸い形の菓子が何種類も用意されていた。夜遅くに食べるお菓子は少々罪深く、また格別な味だ。

　夜が更け、月見の会は大盛り上がりの末に解散となった。

　月見の会は無事成功を収めたと言っていいだろう。

　石林殿は新たに観月亭という名で生まれ変わった。

　石林殿だった頃の記憶は徐々に塗り替えられ、きっとそう遠くないうちに悲しい話も風化してしまうのだろう。でも、その方がいい。

　忘れてはいけないことだってあるけれど、いつまでも悲しいことと顔を突き合わせているのは、精神衛生上よろしくないはずだ。

　それに後宮で過ごす人には、楽しんで過ごしてもらいたい。観月亭が新しい喜びになってくれたらいいと思うのだ。

　私たちは少しずつ西に沈んでいく満月を眺めながら薫春殿に戻ったのだった。

第四章

その日、雨了は月見の会には間に合わなかったけれど、満月が西側に傾いた深夜過ぎ、薫春殿にひっそりと顔を出してくれたのだった。

私は眠い目を擦って雨了を出迎えた。

先触れで、わざわざ着替えたりする必要はないと言伝（ことづて）られていたので、寝巻き姿のままである。

「お疲れ様、雨了。今夜は特に遅かったのね」

「すまないな。もう寝ていたのだろう？」

「ちょっと、うとうとしていただけ。それに今夜は遅くまで遊んだから、明日の朝はみんなでお寝坊することになっているの。だから大丈夫よ」

そう言うと、雨了はクスッと笑う。

「そうか、今晩は月見の会だと言っていたな。ここに来るまでにも月が美しかった。

楽しかったか？」

「うん、楽しかった！　魯順の歌は素晴らしかったわ。それに黄嬪が舞を披露してくれたのよ。今夜の月見の会はいつも忙しい宮女たちの息抜きになったらいいんだけど。黄嬪をいじめていた宮女たちみたいなことにならないようにね……」

「そうだといいな。だが、もし莉珠が宮女に嫌なことをされたら、我慢せずに打ち明けて欲しい」

「今は全然ないから安心して」

「安心出来ない。莉珠は我慢強いというより、頑固だからな。言わないと決めたらずっと黙っていそうだ」

雨了は私を膝に抱え上げ、背後から抱きしめてくる。

ぎゅっとされただけではなく、私の頭の上に顎を載せた。

「もう、重いってば」

私はクスクス笑って雨了の下から抜け出した。代わりに雨了にペタッと寄りかかると、雨了は私のボサボサになってしまった髪を整えるように撫でる。

「そうだ、莉珠。明日からまたしばらく忙しい。そろそろ年末年始に向けて動き出すことになるからな」

雨了は重苦しい息を吐いている。

新年が明けたら、宮城も一応休みということになり、しばらくの期間、官吏たちも休暇に入るのだそうだ。そうなると政務が滞るため、年内にある程度の仕事を片付ける必要があるのだとか。

「もう秋だもんね。すぐに冬になって新年か。一年ってあっという間ね」

「そ、そうだな……」

雨了はどことなく歯切れが悪い。

「何かあった?」

そう尋ねると、頬がほんのりと染まっているのが、薄暗くても確認出来た。

「うーん、悪い話じゃなさそう?」

そう尋ねると、雨了はさらに挙動不審になる。

「その……寂しい思いをさせる代わりというわけではないのだが、そなたに贈りたいものがあるのだ」

雨了はようやく決心したように、私に箱を差し出した。

手のひらに乗るくらいの小さな箱だ。柔らかく光沢がある天鵞絨（ビロード）の布が全面に貼り付けてある。

おかしな態度だったから、何か嫌なことがあったのかと心配したが、ただ単に贈り物を渡そうと頃合いを見計らっていただけのようだ。

「開けてもいい？」

「ああ」

雨了は心配そうにチラチラと私の手元を見つめている。普段は格好いいのに、たまに可愛いらしく見えてしまう。

パカッと箱を開くと、真っ先に目に飛び込んできたのは、雨了の瞳と同じ青色。

楕円形でつるつるに磨かれた美しい青玉だ。

箱の内側にも貼られた柔らかな天鵞絨の中心に収まって煌（きら）めいていた。

「わあ、綺麗……！」

青玉は私が親指と人差し指で輪を作ったくらいの大きさだ。黄金の土台には繊細で優美な彫金が施されており、青玉の華やかな美しさを引き立てている。

青玉自体が結構な大きさなので、なかなかの存在感である。

手に取るとシャラシャラと金の鎖が揺れる。首飾りになっているのだ。

「雨了の瞳と同じ色ね。素敵！」

「ああ。従属国の白琅で採れた最高品質の青玉を美しく磨かせた。それから、仕掛けがある」

「仕掛け？」

「青玉の横を見てみろ」

言われるままに向きを変えると、土台の横に金具が見える。

「あ、もしかして、この青玉は蓋ってこと？　ここが開くのかしら」

雨了が頷いたので、私はその金具を指で動かす。

パチリ、とかすかな音と共に蓋が開き、内側の青銀が淡い光を弾いた。

「これ……雨了の鱗！」

雨了の鱗が内側の土台に嵌め込まれている。

夏に雨了の鱗が取れた。龍の血を引く者は、成長して自然に鱗が取れた時、番にその鱗を渡すのだという。

私も雨了から取れた鱗を渡されたのだが、ずっと身に付けられるようにしたいと頼んで、一度雨了に返していたのだ。だからこういう風に工夫をしてくれたのだろう。

「ああ。内側に俺の鱗を嵌め込んでいる。莉珠が身に付けられるものがいいと言っていたから作らせた。……どうだろうか。気に入ってもらえると嬉しいのだが」

「もちろん気に入ったに決まってるじゃない。あのね、すごく嬉しい……！」

私はまた青玉の蓋を閉め、金の鎖を持って青玉を揺らす。

つるつるに磨かれた青玉は、室内のわずかな光を反射しながら、くるくると回転している。

「私、雨了の瞳の色が好きよ。ずっと眺めていられるのは嬉しいわ。それに、雨了の鱗をずっと身に付けられるんだもの！」

自然と笑みが浮かぶ。心からの笑みだった。

私が喜んでいるのを見て、雨了も安堵したようだ。

「着けてやろう」

「うん」

繊細な鎖を私の首にかけてくれた。

少し長めの鎖なので、ちょうど着物の中に隠れる。青玉が大きいのと、土台が金なのでずしっとした重さを感じるが、それはいずれ慣れるだろう。

「これ、大きな青玉だし、仕掛けもすごいし、高いんでしょうねぇ……」

　長年の貧乏暮らしが染み付いているため、ずっしりとした青玉に、ついついそんなことを考えてしまう。美しい首飾りの重さには慣れたとしても、金銭感覚だけは、いつまで経っても慣れないのだ。

「ああ。今回はただの贈り物ではないからな。もし俺に何かあった場合は、どこぞに逃げて、その青玉を外して売るといい。そなたが生涯暮らせるくらいの額にはなるだろう」

「ちょっ……！」

　私はそれを聞いて言葉を失う。

　先に値段の話をした私が悪いのは重々承知しているのだが、それだけの金額を常に首から下げるのかと思うと肝が冷える。

　それに、雨了に何かあったら、なんて考えるのも嫌だ。

「う、雨了の馬鹿。そんなこと言わなくたっていいじゃない。そりゃあ雨了が私のことを考えてくれているからってのは分かるけれど、雨了に何かあったら私だけ逃げるなんて、私は絶対に嫌だから」

「わ、分かっている。そなたが一人で逃げなければならないような目には合わせたくない。一応だ、一応！」

「一応も何も、嫌なのよ！　何かあったとしても、私は雨了と一緒にどうにかするって決めてるんだから！」

「それは莉珠も同じだからな。俺を庇うなんてもう絶対にしてはならぬ。だが、俺がそばにいない時に危険が迫ったら、何も考えずに逃げろ。とにかく真っ先に逃げて生き延びることを考えるのだ。生きていればなんとでもなる」

「……うん」

　雨了の腕に引き寄せられ、ぎゅうっと苦しいくらいに抱きしめられた。

「青玉は莉珠の好きにしていい。ただ、俺の鱗だけは手放さずにいてくれ。そうすれば、何があろうとも絶対に迎えに行く。俺はそなたがいる方向がなんとなく分かるのだが、俺の鱗を持っていれば、もっと詳細に感じ取れるからな」

　私は頷き、雨了の胸元に額を擦り付けた。

「うん。ずっと持ってるよ。ちゃんと大事にするから」

雨了からもらった鱗も、私自身も。

「ああ」

「……ありがとう、雨了。私、今幸せだよ」

雨了は目を細めて微笑んだ。

「俺もだ。莉珠がそばにいてくれる限り、俺はずっと幸せでいられる」

頬に雨了の熱い指が触れる。

「莉珠……」

そう呼ぶ声に顔を上げた。

顔がゆっくり近付いてくるのが見えて、慌てて目を閉じる。そっと唇が触れ合う感触に酔いしれた。

口付けの合間に何度も名前を囁かれ、その度に体に甘い震えが走る。

微かな衣擦れの音にまで、鼓動が早まっていくのを感じていた。

そっと寝台の上に横たえられる。その頃には私の心臓はうるさいくらいだ。きっと、雨了にはこの心臓の音まで伝わってしまっているのだろう。

さっきは空の西側で眩しいくらいに光っていた満月は、いつのまにか薄雲に覆われて、ぼんやりと鈍い光で雲を照らしている。雲が気を使ってくれたのかもしれない。

あまりにも明るいと恥ずかしくなってしまうから、これくらいでいい。

「ねえ、雨了。今夜は朝まで一緒にいてくれる……？」

「ああ」

薄く目を開けると、暗闇の中で雨了の青い瞳が煌めいているのが見えた。

「雨了、大好き……」

そう言うと、もう一度、雨了の唇が私の唇を塞ぐ。

満月の夜は静かに更けていった。


それから数日、首から下がるずっしりとした青玉の重みを感じるたび、あの甘い夜のことを思い出しては赤面してしまっていた。

どう頑張って顔を引き締めても、頬がゆるゆるになってしまうのを止められない。

思わず両手で頬を挟んだ。そうすると手のひらに頬の熱を感じるほどだ。

そんな私に、蔡美宣はチラッと視線を寄越してくる。

「まあ、朱妃はご機嫌ですわね。ですが、何かお忘れではありませんか」

そう問われて、私は首を傾げた。

「何かあったかしら？」

「んもう！　今日こそ舞の練習で付き添いをさせてくださいませ！」

蔡美宣は焦れたようにそう言った。

「ああ、そっか。約束したものね」

蔡美宣は月見の会の準備や段取りだけでなく、片付けまできちんと終わらせたのだ。準備期間があまりない中、かなり大変だったのは間違いない。今回ばかりはその働き振りを評価してもいいだろう。

「分かったわ。今日は蔡美宣に付き添いをしてもらうわね」

「やりましたわ！」

蔡美宣は両手を上げて大喜びしている。まったく現金な娘だ。

「ただし、いくつか約束を守ってもらうから！」

「はい。なんなりと」

ニコニコと上機嫌な蔡美宣は頷く。

「まず、陛下と秋維成には会えないかもしれないわ。しばらく忙しいって言っていたから。それでもいい？」

「まあ……そうなのですか。でも仕方ありませんわ。噂の凛勢様のお顔を拝見出来るだけでも構いません」

「次に、挨拶以外では凛勢に近寄らない、話しかけない、触らない。これも約束出来る？」

「かしこまりました。それに、そのようなふしだらなことはしませんわ。一応確認しますが、懐や帯にお金をねじ込むのもダメですわよね？」

とんでもない一言に私は頭を抱える。

「ダメに決まってるでしょう！　蔡美宣ってば、そういうことしていたわけ？」

「舞台役者にはそういう文化がございましたの。まあ、わたくしは少々やり過ぎて、実家のお金を使い込んでしまったので、両親に後宮で宮女をするよう言われてここにおりますが」

聞いているだけで頭が痛い。本当に大丈夫なのだろうか。

「……なるべく平静を装って、普通にしてよ？」

「頑張りますわ」

不安しかないが、連れていくと約束してしまったし、仕方がない。準備をして共に外廷の執務殿に向かう。

「武器とか刃物は持ってないわよね」

「持っているわけありません」

ついそう聞いてしまうのは、凛勢が妙な相手から好かれやすく、思い込みの激しい宮女に刺されたことがあるという話のせいである。

私が何度も釘を刺した甲斐があり、蔡美宣は通常通りの態度で凛勢に礼をし、それ以外は近付かないようにしている。頑張って顔を引き締めている様子だ。たまに頬を抓っているのが見えるが、許容範囲だろう。私も安心して舞の練習が出来るというものだ。

「ふむ、朱妃は随分練習をしたようですね。動きがよくなってきています」

しばらく練習を続け、凛勢からの褒め言葉に私は顔を綻ばせた。

「本当？　よかった」

「ええ。指の使い方など、細部が丁寧になっています。これならそろそろ披露する舞の振り付けに入ってもいいでしょう」

今やっているのは舞の基本的な動きの部分である。伴奏の曲に合わせて構成を考えて、見栄えがするように調整するのだという。

「では、少し休憩にいたしましょう」

「うん。ねえ凛勢、今日って陛下は忙しい？」

「本日は外に出られております。申し訳ありません」

「そう……仕方ないわね」

蔡美宣もがっかりした顔を隠せない様子だ。しかし目はキラキラさせたまま凛勢の顔をじっと見つめて逸らさない。もしかすると瞬きも最小限にしているのかもしれない。

休憩後はまた舞の練習をして、今日の練習時間は終わりである。

「蔡美宣、そろそろ戻りましょうか」

「はい」

そう話していた時、凛勢の方も宦官から何事かを聞いている様子だった。

凛勢は私にそっと耳打ちをする。

「朱妃、陛下から言伝がございます」

「え？」

「今し方、陛下が外出から戻られました。まもなくこの廊下を通られるそうです。朱妃のお顔だけでも見たいとのことです。官吏もおりますので陛下に拝礼するだけとなり、会話は出来ませんが、それでもよろしければ」

「ええ、それで構わないわ。蔡美宣もよかったわね」

小さな声で蔡美宣にそう言うと、蔡美宣は顔を赤くしてコクコクと頷いた。

そんなわけで雨了や秋維成が廊下を通るのを、蔡美宣は眺めることが出来たのだった。

蔡美宣は本願叶ったからなのか、帰り道での足取りはフラフラとし、顔も妙に赤い。大門を守る衛士にも見咎められてしまう始末だ。

「朱妃、恐れ入ります。そこの宮女ですが、妙に顔が赤いし、フラフラしているようにお見受けしますが、まさか病では……」

「だ、大丈夫！　暑くてのぼせているだけだから。ほら、蔡美宣、しゃんとして！」

私は大丈夫だと言い張って、なんとか連れ帰ってきた。

後宮内の大路でもフラフラしていて遅々として進まない。このままではいつまで経っても薫春殿に辿り着けそうにない。

「ちょっと、蔡美宣！　後宮に戻ってきたわよ。ほら、しっかりして！」

まだ目がうつろなものだから、私は蔡美宣の背中をパンと叩いた。

しかし蔡美宣はそのままフラッと地面に倒れ込み、膝を突いてしまった。

「えっ？　そ、そんなに強く叩いてないけど……大丈夫？」

「あ、も、申し訳ありません。腰が抜けてしまって。急に美男子たちを間近でたくさん見たので、一日の摂取量を超えてしまいましたわぁ……」

「しっかりしてよ。立てる？　誰か呼んできましょうか？」

「立ちます……！　美しいものを見た直後にむくつけき衛士（えじ）を間近で見たくはありませんもの！」

根性があるのはいいことだが、それはあまりにも衛士（えじ）に失礼ではないだろうか。

ふん、と声を上げて蔡美宣は立ち上がる。

膝を突いてしまっていたため、お仕着せの膝の辺りが泥だらけだ。

「あら、泥？」

ふとした違和感に私は首を傾（かし）げた。

「最近、そんなに雨も降ってないわよねぇ」

ここのところ秋晴れ続きで、後宮内の地面はどこも乾燥している。なのに、土埃ではなく泥が付着しているのだ。地面を見てもぬかるんでいる様子はない。いつも通りだ。たまたま運悪く、泥が落ちていた場所に膝を突いてしまったのだろうか。

「まあ、本当に。泥がこんなに」

蔡美宣がパッパッと膝の泥を払う。

その瞬間、地面に落ちた泥が、もそもそっと動いたように見えた。

「ちょ、ちょっと、蔡美宣。今、泥が動かなかった？」

「は？　泥が動くだなんて。まさか、そんなはずございませんわ。朱妃も舞の練習で疲れているのでは？」

「そ、そうかしら」

もう一度落ちたものをじっくり見たが、ただの泥である。虫と見間違えたわけでもなさそうだ。

「ごめん、気のせいだわ。確かに疲れているのかもね」

主に蔡美宣のせいで。

「休みたいし、早く戻りましょう」

「はい。わたくしも着替えなければ」

蔡美宣は汚れの残るお仕着せに眉を寄せた。泥を払い落としても、布地に泥汚れが染み込んでしまったのだ。

とはいえ、蔡美宣がヘロヘロしていた状況からは脱したので、今のうちに薫春殿へさっさと帰ろう。

私は蔡美宣と共に薫春殿に戻ったのだった。

しかし、やっと休めると思っていた矢先、薫春殿が何やら騒がしいのに気付いた。宮女たちが眉を顰め、あーだこーだと何やら言い合っている様子だ。

「ねえ、何かあったの？」

金苑にそう尋ねたが、彼女は首を横に振る。

「いいえ、干していた洗濯物が汚れてしまっただけです。幸い、汚れていたのは我々のお仕着せだけでした。朱妃のお着物や肌に触れる布に問題はありませんので、ご安心ください」

「まあ、ではわたくしの着替えがないではありませんか」

蔡美宣が困ったように言う。

「蔡美宣は転んだのですか？　膝のあたりが汚れていますね。大丈夫、無事な着替えもありますよ」

金苑は不真面目な蔡美宣を苦手そうにしていたが、月見会での頑張りを見ていたからか、最近は態度が軟化している。いいことだ、と私はうんうんと頷いた。

「朱妃、舞の練習でお疲れでしょう。お茶とお菓子を持って行きますから、お部屋で休憩なさってください」

「ありがとう」

「蔡美宣は着替えたら洗濯を手伝ってください」

金苑にそう言われ、蔡美宣は不満げな声を漏らした。

「えー、わたくしも疲れたのですが……」

「何を言っているんですか。ただの付き添いでしょう。ほら、こちらに来てください。仕事はたくさんあるんですから」

「そんな、ご無体なぁ」

金苑に引っ張られる蔡美宣を見て、悪いと思いつつも笑ってしまったのだった。

——しかし、それが事件の始まりだった。

あれから、薫春殿の洗濯物に汚れが付着しない日はなかった。

「またやられました！」

「こちらもです」

今日も宮女の嘆く声が私の部屋まで聞こえてくる。

どんなに気を付けても、干していたものに泥が着いているそうなのだ。泥を払ってもこびりついた汚れが布目に残り、汚くなってしまう。なので、洗い直すしかないらしい。

毎回、私の使うものは無事なのだが、主に掃除に使う布や、宮女のお仕着せなどが犠牲になっている様子だ。

しかしながら、ここまで続くと偶然とは思えないし、私も放置することは出来ない。

「……もしかして、誰かがやっているのではありませんか？」

私だけでなく、宮女もそう考えてしまったようで、そんな意見が出ていた。

薫春殿の宮女がそんなことをしても意味はない。洗い直しで自分の仕事が増えてしまうだけだからだ。

「普通に考えれば、よその宮女や宦官からの嫌がらせというのが一番あり得るわよね」

「で、ですが、私にはそんなこと考えられません」

私がそう切り出すと、恩永玉は眉を下げてそう言った。

「先日の月見以来、よその宮殿に所属している宮女にも顔見知りが増えました。みんな優しい方ばかりです。疑いたくありません」

金苑も頷く。

「そうですね。嫌がらせをされるような理由も思い当たりません。それとも、どなたかよその宮女と喧嘩をしたなど、嫌がらせをされる心当たりがある方はいますか？」

金苑がそう尋ねても、みな首を横に振るばかり。薫春殿の宮女はおっとりした娘が多い。喧嘩や、恨みを買うことをしそうには思えなかった。いくら空気を読まない蔡美宣でも、そこまで恨まれることはしていないだろう。

「あの……実は他の宮殿でも同じことがあるみたいで」

一人の宮女がおそるおそるそう言った。

「そうなの？」

「はい。直接聞いたのではないのですが、通りすがりに洗濯物に変な汚れが、と話しているのを聞きました」

私は顎に手を当てる。

「そういえば、その汚れってどんな汚れなの？　干している場所のせいとかはないのよね？」

例えば最近の空っ風に、土埃が巻き上げられて汚れているとか。

しかしこの意見もすぐに否定された。

「泥のようなものが付着しているのです。何度か干し場を変えても汚れていましたので、場所のせいとは思えません」

なんでも、洗濯物を地面に落としてしまった時のような汚れ具合らしい。しかし、落としてはいないし、干した状態からも特に動いていないのだという。

「あーっ！　またやられましたわ！」

そんな時、一際大きな声が聞こえた。蔡美宣だ。

「蔡美宣、声がうるさいですよ」

金苑は眉を寄せて注意をしてくれた。

「申し訳ありません」

しかし蔡美宣はお小言がまったく響いていない顔でそう言った。

手には布がある。これが汚れてしまった洗濯物なのだろう。

「蔡美宣、どんな汚れなのか、ちょっと見せて」

「ええ、見てくださいまし!」

蔡美宣が差し出した布を受け取る。宮女が使っている白い前掛けに土か泥のような塊がこびりついていた。一応、鼻を近付けて嗅いでみたが、土の金属質な匂いがするだけで、汚物でもなさそうだ。

「本当。土というか、泥というか」

ベトッと付着していて、これでは洗い直すのも大変だろう。

「室内に干しているものは汚れないのですが、干すところがそんなにありませんし、せっかく天気が良いのですし、外に干したいですよね」

恩永玉がしょんぼりと言った時、ちょうどろくが帰ってきた。

「じゅう」

「あら、ろく。どこに行っていたの?」

ろくはここ数日、食事の時には戻っていたが、それ以外は薫春殿の外で過ごしていたようだった。

おいで、と手招きすると、とことこと私の膝に寄ってくる。

しかし突然、背中の毛を逆立てた。

「じゅ……じゅうっ！」

怒った声を出したと思ったら、汚れた洗濯物にフーッと威嚇をしている。

こんな姿は珍しい。

「ど、どうしたの？」

そう尋ねた時、洗濯物に付着していた泥がポトリと落ちた。そのままのたのたと床を這っている。まるで、ろくから逃げるかのように。

「えっ、泥が……」

「じゅうーっ！」

ろくは泥に飛びかかり、手でペシーンと叩き潰した。

宮女たちは呆気に取られている。

「じゅう！」

ろくは満足そうに鳴き声を上げた。

ろくが前足で潰したものは、ただの泥にしか見えない。

しかし、ろくはただの猫ではないのだ。今のが無意味な行動とは思えない。

「……も、もしかして、それ妖？」

そう尋ねれば、ろくは肯定するように、もう一度じゅうと鳴いたのだった。

「土だか泥だかの妖ねえ……」

私は腕を組む。私の目にも、動かなければ土にしか見えなかった。

その場にいた宮女たちに尋ねてみたが、ほとんどの宮女は泥が動いたことも気付かず、唯一、金苑は動いたようにも見えたが、目の錯覚くらいにしか思わなかったらしい。

そういえば、と蔡美宣は己の顎に指を当てた。

「少し前に、わたくしが地面に膝を突いて泥で汚れてしまったことがありました。あの時も朱妃が動いたような気がすると言っておりましたよね」

「そうそう、あったわ！」

私はその時のことを思い出した。

あの時はただの泥だと思っていたのだ。ろくが攻撃しなかったら、今動いたのも気のせいとしか思わなかっただろう。

「洗濯物が汚れるのは妖(あやかし)のせいってことね。じゃあ、なんとかしなきゃ。でもどうしたらいいのかしら」

そもそも、私の着物にだけ泥が着いていないのは偶然ではなかったのかもしれない。雨了は龍の力が強いので、弱い妖(あやかし)ではそばに寄ることすら出来ないらしい。汪蘭が以前そう言っていた。

そして私は雨了の鱗を常に身につけている。つまり、龍の力、というか匂いのようなものが着物にも移っており、そのせいでこの妖(あやかし)も寄ってこないのかもしれない。

しかし、他の宮女(きゅうじょ)の洗濯物に同じようにするわけにはいかない。

根本的に解決するにはどうすればいいのだろうか。

今のところ、龍の匂いを嫌うかも、という可能性だけの話である。しかし雨了は忙しいし、そうそう頼れない。

「龍の匂い……そうだ！　青妃に相談してみましょう。私の仮説が正しければ青妃の着物も同じように無事かもしれないわ。対策方法もあるかもしれないし。あとは黄嬪にも」

黄嬪は私と同じく妖(あやかし)が見えるのだ。それにあちらも困っているかもしれない。

私はさっそく二人に文をしたためた。

青妃からの返事はすぐにやってきた。

青妃が宮女たちに聞いてみたところ、青薔宮でも同じく洗濯物が汚れることがたびたび起きているそうだ。そして、私の想像通り、青妃の着物はこれまでずっと無事だという。しかしながら、対処法は分からないとのことであった。

これまでも何度か洗濯物が汚れていることはあったらしいが、こんなに頻繁に起きたのも初めてのようだ。

「洗濯物が汚れていても、季節に一回や二回ならおかしく思わないわよね。取り込む時に地面に擦っちゃったかな、としか思わないわ」

私がそう言えば、宮女たちは頷く。

泥の中に極小の妖がいるのか、それとも泥自体が妖なのか、今はまだ、その判断すら出来ない。

このところ、ろくが外に行ってばかりだったのも、この泥の妖を退治しようと駆け回っていたからのようだ。ろくの六本の足や毛のあちこちに、退治したと思しき泥が付着していたのである。

それでもまだ被害があるということは、とにかく数が多いのだろう。

「さあて、ろくはお風呂よ。体を洗わないとね」

そう言うと、ろくはあからさまに嫌そうな顔をする。

「んじゅ……」

「ろく、頑張りましょう。綺麗にしていないと、朱妃のお布団には入れませんよ」

汪蘭にそう諭され、ろくは諦め顔でじゅうと鳴いたのだった。

「――失礼します。朱妃、黄嬪が急遽会いたいそうです。どういたしますか」

お風呂に入れようと、ろくを抱えていた私に、金苑がそう呼びに来た。

「黄嬪が？　手紙を読んでくれたのかしら。すぐに準備してちょうだい」

「かしこまりました」

ろくは洗われずに済んだとホッとしている。しかし残念。恩永玉に洗うのを変わってもらっただけである。ろくは悲痛な声を上げながら、恩永玉に運ばれていったのだった。

私が準備して向かうと、黄嬪は客間に通されていた。

椅子に座り、ソワソワするように肩を揺らしている。

今日は潘恵が後ろに立っている。布と小瓶を抱えていた。

「しゅ、朱妃、忙しい中、ありがとうございます」

「こちらこそわざわざ来てくれてありがとう。手紙を読んでくれたのかしら」

「はい。洗濯物の汚れって、これですよね？」

黄嬪が合図をすると、潘恵は手にしていた布を開く。さっき見たのと寸分違わない泥の汚れが付着していた。

「そう、これよ。輪鋒館でもこの現象が起きたのね」

「ええ。潘恵から聞いて驚きました」

潘恵は太い眉を下げて申し訳なさそうな顔をする。

「じ、実はまた嫌がらせをされているのかって思っていたんです。だから、誰にも相談していなくて……」

「す、すみません。知っていたら、すぐに対処出来たのですが」

黄嬪もそう肩を窄めた。

「と言うことは、黄嬪は対処方法を知っているのね？」

「はい。ちょっと実演したいのですが、机にちょっとお酒を垂らしても構いませんか？」

潘恵の持っている小瓶にはお酒が入っているらしい。

「もちろん、構わないわ」

私がそう言うと、潘恵は泥の妖が付着した布を開き、そのすぐ近くにお酒を数滴垂らした。

すると、泥がモゾモゾと震え、お酒の方に動いて行ったのだ。

「動いたわ！」

「は、はい。これは息壌という妖です。土で出来た妖虫なのでしょうか。わたしも詳しくは分かりませんが、この息壌本体だけでなく、這った部分も土汚れになります。息壌は特に知性があるわけではなくて、好きな匂いに引き寄せられるだけみたいです」

「お酒の匂いが好きってこと？」

黄嬪はコクンと頷く。

「酢やお酒、あと甘い果物の香りなんかも好みますね。もしかしたら洗剤の匂いか、洗ってもかすかに残っている香の匂いに、息壌が惹かれるものがあったのかもしれません」

私はそれを聞いて顎に指を当てた。

「なるほど……だから、宮女の洗濯物に付いていたわけね。私や青妃は龍の匂いがするので好まれないみたいだから」

私は実際に龍の匂いというのは感じないのだが、息壌は泥のような見た目ながら嗅覚が鋭いのかもしれない。

「そうだと思います。輪鋒館ではわたしの着物にも着いていたそうですから。潘恵もすぐに相談してくれたらよかったのに」

「す、すみませんっ！　あたし、黄嬪に心配をかけたくなくて……」

潘恵は顔を伏せてしまっている。薫春殿でも思ったように、一見すると嫌がらせっぽくもある。一度嫌がらせの被害に遭った潘恵がそう思い込むのは無理もない。

「わたしこそ、潘恵に苦労させちゃって。……ごめんね」

「黄嬪が謝ることではありませんっ！　すみませんでした！」

二人はペコペコと頭を下げあっている。

「それで、お酒を好むのは分かったけれど、退治ってどうすればいいかしら」

私がそう尋ねると、黄嬪と潘恵は恥ずかしそうに顔を上げた。

「あ、はい。大きな壺とか、水甕はありますか？　出来れば、内側がツルツルしたものがいいんですが」

「用意させるわ」

　黄嬪の言う通り、内側がツルツルした陶器の水甕と、匂いの強い果実酒に酢を混ぜたものを用意した。混ぜることで息壌が好む匂いがさらに強まるらしい。

「洗濯物を干す場所の近くに、地面を掘って、この水瓶を口の辺りだけ出るように埋めます。そこにこの、酢と果実酒を混ぜ合わせたものを少しだけ注ぐのです」

　宦官に土を掘ってもらい、黄嬪が言う通りに水甕を埋めた。

「水甕の中身の方が、洗濯物より匂いが強いので、息壌は水甕に引き寄せられます。水甕に落ちたら、内側がツルツルしているので、もう出ることは出来ません。ある程度貯まったら蓋をしておしまいです。それでもまだ出るようなら、同じように何度か仕掛けてください。息壌はしばらく日光を浴びないと死んでしまうみたいなので、あとは蓋をして数ヶ月置けばただの土に戻ります」

「なるほどねぇ」

　小蝿取りみたいだ。妖ではあるが、かなり虫の生態に近いのかもしれない。

「それじゃあ、わたしは他の宮殿にも、このことを知らせてきますね。虫の一種ということにしておきますから」

「ありがとう、助かったわ」

黄嬪が帰ってから、さっそく試してみたところ、息壌が洗濯物を汚す頻度がどんどん減った。効果はあったようだ。

水甕を覗くと土のような息壌が溜まっているのが見える。

あんなに大変だったのに、たった数日で洗濯物が汚れることはなくなったのだった。

「黄嬪のおかげね」

後宮のあちこちにいた息壌はすぐにいなくなった。

他の宮殿も同様に、洗濯物が汚れることはなくなったらしい。

改めてお礼を言うため、黄嬪を薫春殿に呼んだ。

「黄嬪、ありがとう」

「い、いえ。たまたま知っていただけです。息壌は土がある場所にはどこでも増えますから」

「でも、なんでこんなに増えたのかしら。それに薫春殿が一番被害が多かったみたい」

「うーん、晴れている時によく出ると聞きます。夏に暑かった影響もあったのかもしれません。薫春殿は、きっとお庭が広くて、もともと土が多いからではないですかね。息壌は土や堆肥に紛れているんです。だから、持ち込まないようにするのも難しいんでしょうね」

「黄嬪は詳しいのね。妖は見えるけれど、私ってば全然知らないことだらけなの」

「い、いいえ、わたしもたまたま知っていただけですから……」

黄嬪は頬を赤くしてプルプルと顔を横に振る。

「黄嬪、こちら薫春殿からお礼の品です。どうぞお受け取りください」

金苑が差し出したお菓子の入った箱を潘恵が受け取っている。

「ありがとうございます。でも、なんだか申し訳ないような。ただ知っていたことを教えただけなのに、他の妃嬪の方からも色々いただいてしまって……」

「そんなことないわ。みんな黄嬪のおかげで助かったんだもの。遠慮なく受け取って」

恐縮そうにペコペコと頭を下げる黄嬪。本当に腰が低い。恥じらう姿にも、年上ながら可愛らしさを感じる。

「青妃からは香をいただきました。すごくいい香りなんです。困ったことがあれば力になるとも言ってくれました」

ふにゃ、と目を垂れさせて笑う黄嬪。

青妃も黄嬪のことを気に入ったらしい。素朴で優しい人柄の黄嬪だから当然だ。

「最近は声をかけてくれる人も増えたんですよ。月見の会での舞を見てくれていた方も結構いたみたいです」

黄嬪には親しみやすい雰囲気がある。機会さえあれば話してみたい人間も少なくなかったのだろう。

今回、洗濯物が汚れる原因になった息壌の問題を解決したことで、黄嬪はより一層の人気が出たらしいと金苑が話した。

「そうなのね、それはよかったわ」

「で、でも、まだ馬鹿にしてくる人もいるんです！　今回の息壌だって、黄嬪が解決したのに、馬理から来た田舎者だから、土の処理も得意なのね、って嫌味を言われたんですよ。嬪の身分なのに、宮女(きゅうじょ)から軽んじられるなんて！」

潘恵は太い眉を吊り上げてそう言う。

黄嬪は困った顔でそんな潘恵を窘めた。

「潘恵、わたしが田舎者なのは事実だから、仕方がないよ。嬪と言っても、あくまでわたしは馬理の人質として来ているんだから、陛下の従姉妹（いとこ）である青妃や、愛妃である朱妃とは違うでしょう。それに、朱妃にもこんなにもよくしてもらっているのだし、わたしは幸せ者だよ」

「でも、生まれたところが違うってだけで、あれこれ言われるのは腹が立ちます！　髪や目の色がちょっと違うだけで、何が違うって言うんですか！」

　それは根深い問題だ。

　私も少しは気持ちが分かる。私は雨了の愛妃だから、意地悪な宮女（きゅうじょ）が大人しくなっただけで、他にも陰では色々言われているのは想像に難くない。どうせ身長や顔のこと、境遇のことであれこれ言われているのだろう。

　ヒソヒソされるのは腹立たしいが、害がないのであれば、噂話くらいは見逃すしかないと思っている。人は心で何を考えても、考えただけで咎めることは許されない。迷惑をかけなければそれでいい。

　そう言うと、潘恵も口を噤んだ。

「それにね、いつ、とは言えないけれど、いずれ黄嬪も親元に帰れる日が来るはずだから。ちゃんと陛下は黄嬪のことも考えてくれているわ」

「陛下が……」

潘恵はそう呟き、ふいっと視線を逸らした。

「ええ。それでも、どうしても我慢ならないことを言われたら、私に相談して。この前の宮女たちのように処分出来るかは分からないけれど、私の方から注意するくらいなら出来るから」

「朱妃、ありがとうございます。わたしは朱妃がそう言ってくれるだけで、とても心強いです。ね、潘恵」

「え、は、はい。朱妃、すみませんでした。これからも黄嬪をよろしくお願いします」

潘恵はペコッと頭を下げた。

「もう、潘恵ったら、わたしのお母さんみたいなこと言うんだから」

黄嬪が顔を赤く染めて言う。

私も二人のやりとりがおかしくて、クスクスと笑ってしまったのだった。

こうして息壌事件は無事解決し、再び平穏な日々が戻ってきた。

しかし、後宮がどこか妙な気がしていた。

あまり外を歩かないから気のせいかもしれないが、どこか浮ついているような、おかしな雰囲気がするのだ。

舞の練習に向かう際、宮女たちがいそいそとどこかに向かおうとするのを何度か見かけた。薫春殿の宮女ではないから、わざわざ問いただす必要もないと思い、放置したのだが、彼女たちはどこへ向かっていったのだろう。とはいえ、邪魔するつもりはない。宮女たちにとって楽しみがあるのならいいことのはずだ。

私のことすら目に入らない様子で、小走りにどこかへ向かう宮女たちの姿を見て、そう思ったのだった。

そして、とうとう式典の日程も決まった。

貴妃になる式典ともなれば、迦国の全土、また従属国からも多数の来賓を招く必要があるのだという。

それならいっそ、新年に参賀してくるのだから、そこで執り行ってしまおうと雨了が言い出したのだ。

遠いところから何度も呼び付けるよりは来賓も楽だろうが、もう残り二月切っていた。

「あー、考えるだけで緊張してきた。胃がムカムカするのよね……」

私は深い息を吐く。最近はどうにも食が細くなってきている。きっと、緊張のせいだろう。

食べなければ舞の練習が出来ないので無理矢理に食べているが、食後に気持ち悪くなることもしばしばだ。

「大丈夫ですよ。朱妃はもう振り付けを完璧に覚えているではないですか」

「ええ。あとは完成度を高めるだけだと凛勢様もおっしゃっていました」

恩永玉と金苑がそう励ましてくれる。それを聞いて「わたくしも舞の練習に付き添いたいですわ」と蔡美宣が喚いたのだった。

第五章

息壌事件が解決してからしばし。

その日は朝からやけに騒がしいと感じていた。

また何かあったのだろうか。そう思いながらも、ろくを膝に乗せて本を読んでいた。

「朱妃……」

名前を呼ばれて顔を上げる。

どこかに出かけていた汪蘭が戻ってきたのだが、様子がおかしい。普段は幽霊と思えないほど血色のいい顔も、今はどことなく青ざめていた。

「どうしたの？」

いつも朗らかな汪蘭の様子があからさまにおかしいのだ。私は驚いて本を閉じる。

「あの……後宮に変な噂が流れているのはご存知ですか？」

「変な噂？」

ここのところ、なんだか妙に後宮がざわついているくらいにしか感じていなかった。

「知らないけど、耳に入れておいた方がよさそうね。どんな噂？」

続きを促すと、汪蘭は躊躇いながら話し出した。

「……さ、昨晩、輪鋒館に御渡りがあったという噂が流れているのです」

「――へ？」

あまりに突然のことで、私の脳はピタリと動きを止めた。

御渡りって、どういう意味だっけ。

理解を拒むとはこういうことなのだろう。

膝からも力が抜けてしまい、膝の上にいたろくがコロンと転がり床に落ちる。

んじゅう、とろくが文句を言ったけれど、私の耳を素通りしていった。

ぼんやりしてしまった私に、汪蘭は焦れたように二の句を告げる。

「ですから、雨了様が黄嬪の元へ行ったと、噂になっているのです！」

聞き間違いではなかった。

「ま、まさか、そんなわけないじゃない」

私はやっとのことでそれだけ言った。

信じられない話である。

雨了は龍の力が強い。龍は番を決めたら他には目がいかないらしいのだ。ここで言う番とは、愛妃の私である。

私より美人なんていくらでもいるが、それでも雨了は私以外を愛することはない。

自分に自信があるわけではないが、それが事実なのだから覆しようがないのだ。

汪蘭は私よりそれを詳しく知っているはずなのに。

「で、ですよね。では、どうしてそのような噂が……」

「何かの間違いじゃないの？」

「しかし、輪鋒館の門前にいる陛下の姿を見た者が何人もいるそうです。まさに輪鋒館に入ろうとしていた、と。今日は朝から何かおかしいと思い、こっそり噂話を探って来たのですが、この話をしているのは一人や二人ではありませんでした」

他の人に見えない汪蘭は、内緒話をしているところに近寄って立ち聞き出来てしまうのだ。普段は礼節を守り、そういうことはあまりやらないようだが、今回ばかりはそれほど気になったのだろう。

「ちょっと聞いてみる」

「ま、まさか黄嬪にですか?」

「そんなわけないじゃない。まず薫春殿の宮女に聞いてみて、みんなも知っているようなら凜勢に確認するわ。午後から舞の練習があるもの。もしかしたら雨了本人に聞けるかもしれないし」

「そ、そうですね。その方がよろしいでしょう」

汪蘭はホッとしたように胸を撫で下ろしている。

「私も陛下が朱妃以外の宮殿に向かったとは信じていません」

「そうよね。きっと、見間違いか何かよ」

汪蘭は子供時代の雨了を知っている人なのだ。宮女ではあるが、姉のように気安い仲だったそうだ。その汪蘭が言うのだから、ほんの少しだけ心強い気持ちになった。

「──ねえ、金苑、恩永玉、変な噂があるそうなんだけど」

私は金苑と恩永玉に尋ねた。

「……さあ、なんでしょうか」

金苑は素知らぬ顔をしているが、恩永玉の目が泳いでいるので、二人の耳にも入っているらしい。

「えっと、私は何も知りません」

目を泳がせたまま首をプルプルと横に振っている。恩永玉は隠し事が出来ない娘である。それでも頑張ってしらばっくれていた。

しかし、そんな恩永玉の努力を台無しにする声が薫春殿に響き渡る。

「あっ、朱妃！　大変ですわ！　輪鋒館に御渡りがあったそうです！」

騒々しく私に捲し立てたのは蔡美宣である。

金苑が青筋を立てて蔡美宣の口を塞いだ。

「蔡美宣、少し黙っていなさい」

「そ、そうですよ！　陛下が朱妃以外の方のところに行ったなんて……それを聞いた朱妃のお気持ちを考えてくださ……あっ！」

そこまで言って、恩永玉も口を滑らせたと気付いたらしい。慌てて自分の口を塞いだ。金苑もやってしまった、という顔をしている。二人とも、私の耳に入れないように気を使ってくれたのだろう。まあ、蔡美宣のせいで台無しだが。

「あのね、もうその話は汪蘭から聞いたから。みんなも知っているのね」

金苑は認めるように頷く。

「しかし、その噂が真実とは思っておりません」

薫春殿の宮女は誰も信じていない様子で、私はホッとする。

「そうよね……でも、陛下が龍の血を引いていて、愛妃以外に目がいかないことをよく分かっていない宮女もいるんでしょうね。あまり話したくないだろうけど、どんな噂だったのか、きちんと耳に入れておきたいわ。詳細を教えてくれない？」

そう言うと、金苑は諦めたような顔で、渋々話してくれた。

「噂ですが、便宜上は陛下とお呼びします。昨晩、陛下がお一人で輪鋒館の門前に立っているのを複数人が目撃したそうです。目撃した者たちに、あっちに行けと手で払うような仕草をしたので、門に入ったところまでは見ていないとのことですが、そのまま輪鋒館に入ったのだろうと認識されています」

「陛下が一人でいたっていうの？　さすがにそれはおかしいわよね」

「はい、私もそう思います」

金苑や恩永玉も頷く。

後宮内だとしても、皇帝陛下が一人歩きをするはずがない。薫春殿に来る時は、深夜だろうが先触れがあるし、複数人の宦官を連れてくる。薫春殿にも付き添いの宦官用控室があるくらいなのだ。

多数の問題を起こされて、今は後宮への立ち入り禁止になっている凛勢はともかく、普通なら誰かしら宦官を伴っているのが当たり前である。

「わたくしが聞いた話と同じですわ。時刻は日の入の頃で、まだ真っ暗ではないから見間違いとは思えないと聞きましたが。でも、手で払う仕草をしたとはいえ、一言も喋らなかったそうですわ」

やっぱり何かおかしい。

コソコソ行くのをたまたま見られたわけでもなく、人通りがある時刻を狙い、わざと姿を見せつけたかのようだ。

「あ、分かりましたわ！　きっと精密に描いた陛下の絵だったのですわ！　だから喋らなかったのです」

蔡美宣は手をパチンと叩いてそう言った。

その的外れな考えに私は肩をガクッとさせる。

「いくら精密でも、絵ならさすがに分かるでしょう。よっぽど距離があったならともかく」

「そうです。手で払う仕草をしたというくらいなのですから、絵のわけはありません」

「そうでしたわね、ほほほ」

私と金苑に突っ込まれ、蔡美宣は照れ笑いをしている。

「私も話を聞きましたが、見た人とそこまで距離があったわけではないみたいです。確実に陛下だったと言っています。もし見間違いであれば、そんな話をした方が処罰されかねません。なので目撃者は間違いないという自信があって言っているようですが……」

恩永玉もそう言う。

「そろそろ舞の練習に行く時刻だわ。今日は金苑が付き添いになってくれる？　凛勢に噂の詳細を伝えてもらえるかしら」

「かしこまりました」

蔡美宣が、自分が行きたいと言うように手をブンブン振っているが、それは無視して金苑と執務殿に向かった。

「凛勢、今日の陛下の予定はどうなっているかしら？　ほんのちょっとでも会える時間はない？」

凛勢の顔を見るや否や、私は雨了の今日の予定を尋ねた。しかし、少し前にしばらく忙しいと言っていた通り、今日も雨了には会えなそうである。

凛勢は私の顔色から何かを感じ取ったのか、美しい形の眉を顰めた。

「朱妃、何かございましたか？」

「ええ。陛下と話せないなら、凛勢から伝えてもらおうと思っていたの。金苑、凛勢に詳しい話を伝えて」

金苑から噂の話を伝えてもらう。私は話の間、着物の上から首飾りの青玉を押さえていた。

正しくは雨了の鱗のあるあたりを。

私は雨了を信じている。今回の噂は何かの間違いだと思っているけれど、だからといって不安に思わないわけではないのだ。

「う……胃がムカムカする気がする」

気分的なものなのだろうが、体にまで不調が出てしまいそうだ。

「朱妃、お話は伺いました。どうぞ、座ってください」

舞の練習を始めるのではなく、椅子に座るよう促され、私はおとなしく従った。

「まず、昨晩のその時刻、陛下は後宮に向かっておりません。官吏との会議中であり、私もその場におりました。つまり、目撃されたのは少なくとも陛下ではないということです」

私はそれを聞いてホッと息を吐く。

体の力が抜けて、座っていてもふらつきそうになったが、金苑が支えて背中を撫でてくれた。

「よかった……信じていたけど、そう言ってもらえて安心したわ」

「しかしながら、その噂は問題ですね。ただの見間違いであれば一番いいのですが、目撃者の人数からして、その線は少ないかと思われます。次に、彼らが故意に嘘を吐いた、という可能性ですが、利点がありませんね。複数人が嘘を吐く理由も思い当たりません。夢や幻覚というのも同様にありえないでしょう」

「そうよね。それじゃあ、妖とか？　人に変化する妖がいた気がするわ」

狐の妖が人の姿に変化をするというのは、妖に詳しくない私でも知っている有名な話である。

「可能性はございますが……しかし、悪意ある妖であれば、後宮に入れないはずです」

「そうだった」

後宮には結界があるのだ。息壌のように紛れ込んで入ってきてしまう妖はまだしも、狐の妖であれば入れるはずはない。

「そもそも何故、輪鋒館なのかという理由も不明です。とりあえず、今日は舞の練習は中止にしましょう」

「私なら大丈夫よ。もう元気も出て来たし、心配しなくても練習出来るわ」

雨了ではないと凛勢に証明され、胃のムカムカもすぐに吹き飛んで、体はすっかり元気である。

「いえ、私はこれから輪鋒館に向かい、黄嬪や宮女に直接事情を尋ねたいと思っております。目撃者にも話を聞くつもりですが、今の段階では目撃者の名前が分からないので、先に輪鋒館の者から尋ねた方が効率が良いかと思いまして。そのため、本日の練習は中止とさせてください」

「あ、そう」

私を案じてくれたわけではないらしい。

「でも凛勢が後宮に入っていいわけ？」

「通常では禁止されておりますが、緊急時には許可されておりますから」

ということは、凛勢は今回のことを緊急だと思っているのだ。私が思っていたより深刻なのかもしれない。

「ね、ねえ。黄嬪に事情を聞くのなら、私も立ち会いたいの」

噂の渦中にある黄嬪は気が弱いし、凛勢は少々物言いがキツいところがある。黄嬪のことが心配になってしまったのだ。

当然、凛勢はいい顔はしない。

「しかし――」

「凛勢、聞いてちょうだい。今回の件は、愛妃である私がこの目で確認する必要があると思うの。今後、私は貴妃になる。それはつまり、後宮の女主人になるということなのだから、後宮の異常に関しても知っておく必要がある。人任せには出来ないわ」

姿勢を正し、凛勢を真っ直ぐに見つめた。こういう時はお願いするのではなく、私が行く必要があると告げるのである。そうすれば凛勢には拒否出来ないのを知っていた。

「朱妃……そこまで言われるのでしたら承諾するしかありませんね。では、参りましょう」

凛勢はいつものように眉を顰めるのではなく、形のいい唇に微笑みを浮かべた。

正直、笑っている凛勢の方が怖い。笑いながら怒っているわけでもなさそうなのだが、凛勢が笑っているとろくなことがないのだ。

しかし、勇気を出した甲斐あって、私も立ち会えることになったのだった。


凛勢を連れて後宮に戻る。

偶然通りすがりに凛勢を見た宮女が、頬を染めて立ち尽くした。

それくらいならいい方で、その場で腰を抜かして座り込み、またはフラフラと凛勢ににじり寄ろうとしてくる者まで現れた。まるで息壌が酒入りの水甕に引き寄せられるかのようだ。凛勢の苦労が偲ばれる。

その度に金苑が追い払ってくれたが、これでは後宮に立ち入りを禁じられるのも理解出来る。

「うわぁ……」

少し歩くだけでこうなので、凛勢の眉間にはどんどん深い皺が刻まれていく始末だ。

「金苑、宮女が集まらないよう、輪鋒館周辺の人払いを頼みます。それから薫春殿にいる魯順に輪鋒館に来るよう伝えてください」

「かしこまりました」

さすがに耐えきれなかった凜勢が金苑にそう頼んだ。金苑は顔色一つ変えず、小走りで去っていく。

「凜勢も大変ね」

「いえ、私こそ朱妃の宮女を使ってしまい申し訳ありません。付き添いが不在で申し訳ないのですが……」

「あ、そっちは大丈夫そうよ」

ちょうど、私を待っていたらしい汪蘭とろくの姿を見つけたのだ。きっと、噂の件で私を心配してくれたのだろう。

「ほら、前に報告した幽霊宮女の汪蘭がいるの。ろくも一緒だから、もし凜勢が宮女に襲われても助けてあげられるわ」

凜勢は私の冗談に笑わず、真面目な顔で頷く。

「それは助かります。私には見えませんが、幽霊宮女であれば、輪鋒館での話を聞いても口止めする必要もありませんね。連れて行っても構わないでしょう」

「ありがとう」

私は汪蘭とろくに呼びかけ、輪鋒館に行くから同行してほしいと伝えた。

金苑が人払いしてくれて、さらに体を張って蔡美宣を押さえてくれていたので、私たちはその隙に輪鋒館に向かったのだった。

汪蘭はこっそり付いてこられるが、ろくは猫であるため、勝手に建物内に連れ込めない。

申し訳ないが輪鋒館の前で待っていてもらうことにした。

「ろく、輪鋒館に入ってこようとする怪しい宮女がいたら止めるのよ。蔡美宣ならちょっと噛んでも構わないから」

「じゅう！」

そう言い含めると、ろくは任せろと言わんばかりに鳴いた。

最近のろくは、ますます成長して頼もしい。よしよしと撫でた。

「では、入りましょう」

凛勢は勝手に門を開け、輪鋒館の敷地内に入っていく。私と汪蘭はその後を追いかけた。

輪鋒館に入るのは初めてだった。

後宮に前からある建物を修繕して、黄嬪たちが住めるようにしたらしい。薫春殿より小規模の建物で、扉の上には車輪のような飾りがある。

「これ何かしら」

「輪鋒ですね。元は遠い外つ国における古代の武具ですが、現在では正義を表すという縁起物になっています」

「なるほど、これがあるから輪鋒館なんだ」

また、敷石の左右に淡い紫色の花がひっそりと咲いていた。輪鋒菊の花だ。輪鋒館の名前とかけて植えてあるのだろう。輪鋒菊は華やかな花ではないが、優しく穏やかな雰囲気は黄嬪によく似合っている。黄嬪本人のような花だと思った。

輪鋒館も建物自体は古いけれど、掃除が行き届いていて清潔そうだ。潘恵が日々頑張っているのだろう。

建物に入り、凛勢は輪鋒館の宦官に話を聞きに来たと告げる。宦官は泡を食った顔で奥に引っ込んでいった。

そのまま少し待っていると、ふと独特の匂いを嗅ぎつけた。薬草を干しているのと似た匂いだ。不快な臭さだとは思わない。むしろ、祖父と住んでいた頃を思い出して、少し懐かしいくらいだ。

そう考えていると、軽い足音と共に、黄嬪が潘恵に伴われてやってきた。

「しゅ、朱妃……並びに宦官の凛勢様。輪鋒館へようこそいらっしゃいました。どうぞお上がりください」

そう潘恵が礼を取りながら言った。

黄嬪は慌てて準備をしたからなのか、ハアハアと息を荒くしている。

「黄嬪、大丈夫？」

「は、はい。大丈夫、です……」

「あのね、私も立ち合わせてもらうことになったから、あまり緊張しないでね」

そう言うと、黄嬪は一瞬だけ、あのふにゃっとした微笑みを浮かべてくれたのだった。

奥の棟の客間らしき場所に通される。

潘恵が震える手でお茶を配膳してくれた。

潘恵の目線は凛勢に向けられている。緊張するのも無理はないほどの美形なのである。

「あ、あの、こんなお茶しかなくて……」

出されたお茶は薬草茶だった。さっきの薬草の匂いはこのお茶のようだ。もしかすると馬理でよく飲んでいるお茶なのだろうか。匂いは独特だが、味にクセはなく飲みやすい。

「突然来訪して申し訳ありません。後宮に放置するわけにはいかない噂があるとのことで参りました」

「は、はい」

黄嬪は頷く。黄嬪の顔色は優れない。

「早速本題に入ります。噂の話はご存知ですか」

凛勢は普通に聞いているつもりかもしれないが、言い方がそっけなく、語尾もどこか厳しいため、問い詰めているように聞こえるのだ。宮女（きゅうじょ）の柔らかい物言いに慣れた妃嬪なら余計にそう感じるだろう。黄嬪もビクビクしている。

「あ、あの、噂には詳しくないですが、一応知っています。陛下が輪鋒館に来たとかで、でも、実際には来ていません。わ、わたしもそれ以上は分からないです……」

「そうですか」

黄嬪は胸元に手を当て、何かを握っている。

「ねえ、黄嬪、何を握っているの？」

そう尋ねると、黄嬪の肩がビクリと揺れた。

咄嗟に手を離してしまったのか、手のひらから丸いものが零れ落ちる。しかし、首飾りになっていたようで、床に落ちることはなく、黄嬪の胸元でゆらゆらと揺れるのが見えた。

丸い――いや、勾玉だ。湾曲した胎児のような形で、紐を通してある。淡い紫色の不透明な石だ。翡翠には紫色の石もあると聞いたことがあるから、もしかすると翡翠なのかもしれない。

しかし私はそれを見て、ゾワッと鳥肌が立った。何だか嫌な感じのする石だ。

「ねえ、黄嬪……その石……」

「こ、これはお守りです。神招きしか触れてはいけない決まりなので、ごめんなさい」

そう言いながら、黄嬪はその紫の勾玉の首飾りをそそくさと着物の下に仕舞い込んだ。

神招きのお守りだと言われてしまうと、それ以上見せてと要求しにくい。

「す、すみません、お話の続きをお願いします」

黄嬪は凛勢にそう言った。

凛勢もいつものように淡々と黄嬪に質問をし、黄嬪はそれに返事をしている。

結論として、黄嬪は知らぬ存ぜぬを通したのだった。

「わ、わたしは本当に何も知りません。昨日の夕方頃は寝ていましたから……」

おどおどしながら、黄嬪は凛勢にそう伝えた。

「夕方にですか？　寝るには早いように感じますが」

「あ、えっと、ね、眠かったので……」

目が泳いでいる。肩もわずかに震え、首飾りがあるらしき胸元をぎゅっと押さえている。

「しょ、正直に申し上げますと、迷惑な噂だと思っています。わたしの方からその噂を否定しろというのであれば、いくらでもそのようにいたします。陛下直々からそのようなことはなかったと、公に広めていただけるのであれば、た、助かります……」

黄嬪は、まるで暗記した言葉を流したかのように、一息に凛勢に告げた。

ものすごく怪しい。

それは、少し前の月見の会で、ふらついたフリで針を沈めた時の態度と似ていた。

彼女は嘘が下手なのだ。

肩を丸め、胸元を押さえたまま右上に視線をやっている。

それに、私にはさっきの勾玉がどうしても気になるのだ。しかも、そそくさと隠すようなあの態度はあまり黄嬪らしくない気がした。

「……なるほど」

凛勢もそう思ったのかもしれない。気温が下がったように感じるほど冷ややかな声である。

「黄嬪だけではなく、輪鋒館の宮女や宦官にも話を伺いたいのですが、よろしいでしょうか」

「はい。それでしたら一人ずつ、順番にこの部屋に来るように……」

「いえ、一部屋に全員集めてください。そろそろ魯順という宦官が来ます。申し訳ありませんが、相談しないよう見張らせてもらいますので」

「は、はい……」

私は二人の会話を聞きながら息を吐いた。

黄嬪は何か知っていそうな雰囲気がある。それに凛勢が気付いていないわけはない。

とはいえ、黄嬪がやったことにも思えないのだった。もしも黄嬪がやったとしても、今回のようにすぐに否定されるのだし、彼女には何の利益もないのだから。そもそも偽物らしき雨了は一体何者なのか、という謎は残ったままだ。

結論は今すぐには出ない。しかし、黄嬪のことを信じたいと私は思った。

魯順が来て、黄嬪も含めた輪鋒館の人間を一室に集めている。凛勢はこれから全員に聞き取りを行うようだ。

しかし私は黄嬪の話も聞いたし、なんだかやけに疲れてしまった。早く薫春殿に戻りたい気分なのである。

「凛勢、私の方はそろそろ戻るわ」

「かしこまりました。他の者の話は私が伺い、陛下に奏上しておきます。噂に関しても調査し、あれは本物の陛下でなかったと、公式に触れを出しておきます」

「うん、よろしく」

「しかし……黄嬪は何か知っていそうですね」

凛勢は声を潜めてそう言った。

「……凛勢もそう思ったのね」

「ええ、黄嬪の視線は嘘を吐いている者特有のものでした。まず、視線を左上に向けましたが、それは過去を思い出している状態、つまり何か知っているということでしょう。その後、右上に視線を向けました。右上は想像を司ります。つまり嘘です。彼女は何かを知りながら、嘘を吐いています」

「……こわ」

思わずそう呟いてしまった。

ずっと黙って話を聞いていた汪蘭も、怯えた目で凛勢を見ている。

「ゆ、有能な方だとは伺っておりましたが……」

私も汪蘭に同意見だ。

視線だけで何を考えているのか、凛勢には分かってしまうのだ。

「そんなに怖がらなくても、朱妃は考えていることが分かりやすいので大丈夫です」

「いや、怖いってば！」

「それから、噂についても問題ありません。どちらにせよ輪鋒館には向かっていないと公表されます」

「そうね」

私は頷く。

雨了があの時間、後宮にいなかったと保証されたら、噂なんてすぐに消えてしまうだろう。事件はこれで解決だ。

輪鋒館から出ると、ろくが待っていてくれた。

「ろく！　待っていてくれてありがとう」

「じゅう！」

ぴょんっと飛び付いてきたろくを抱える。柔らかなろくの毛皮に顔を埋めた。もふもふを頬で感じ、すーはーと息を吸う。ほかほか温かく、日向の香りがする。

「はー、元気が出るわぁ……」

「朱妃、では戻りましょう。金苑はいないようですね」

汪蘭はキョロキョロと辺りを見回した。

「きっと、薫春殿で蔡美宣を押さえてくれているんじゃないかしら。早く帰りたいし、このまま戻っちゃいましょう」

金苑が人払いしてくれているので、周囲に人はいない。おかげで汪蘭とおしゃべりしながら戻れそうだ。

少し歩くと、ふと人影が見えた。その姿は見慣れたものだった。

「あら、恩永玉だわ。迎えに来てくれたのね」

早歩きでこちらに向かってくる恩永玉が見える。

「おーい」

手を振ったが、恩永玉はいつものニコニコした笑みを浮かべない。

真顔のまま、真っ直ぐにこちらに向かってくる。手には布を丸めたようなものを抱えていた。

「……何かあったのかしら」

そう思った時、恩永玉が早歩きから小走りに変えた。

その勢いで、ひらり、と恩永玉の手にしていた布が飛んでいく。手には何かを持ったまま。それが、ギラッと鈍い光を弾いた。

「恩永玉……？」

あとわずか。

すぐそばまで迫った彼女の手には、刃物が鈍く光っていた。

そのまま私に向かって一直線に走ってくる。

「朱妃っ！　逃げてください！」

汪蘭がそう声を上げたのが、やけに遠くから聞こえる気がする。

逃げようと体を捻るが、まるで水の中にいるかのように体が重く、足がもつれた。

――どうして、恩永玉が。

「じゅううっー！」

「ろく！」

ろくが咄嗟に恩永玉へと飛びかかる。

しかし、ろくは妖とはいえ、足が六本あるだけで、大きさは普通の猫と変わらない。

大きさも重さも、圧倒的に不利だった。

しかも恩永玉は刃物を持っているのだ。ろくは刃物を持った手を狙ったようだが、易々と弾き飛ばされて地面を転がる。

汪蘭も恩永玉を止めようとしているらしく、足に縋り付くのが見えた。

汪蘭は非力な幽霊宮女だけれど、恩永玉には見えない。頑張れば物に触れられる彼女は、ほんの一瞬とはいえ足止めをすることが可能なのだ。

突然足を掴まれた感触がしたからなのだろう。つんのめった恩永玉が驚いたように口を開く。

「うわっ、何だ？　足が……」

しかしその声は恩永玉とは似ても似つかない、男の声だった。

それを聞いて、私はハッと我に返る。

「……あんた誰よ！　恩永玉じゃないわねっ！」

それまで意識に体が追いつかないくらい心が乱れていた。信頼していた恩永玉に襲われたという困惑のせいだ。

しかし、偽物であれば話は別である。

「チッ……」

汚らしい舌打ちも、恩永玉なら絶対にやらない。これは恩永玉ではない。そう思うと少しだけ落ち着く。

すう、と息を大きく吸った。

「不審者よ！　誰か！　衛士(えじ)を呼んで！」

大きな声で叫ぶ。

人払いされているとしても、真っ昼間なのだ。近隣の建物内にも人はいる。誰かしらには声が届くはずだ。

「じゅうぅー！」

転がったろくも即座に起き上がり、偽物の恩永玉の前に立ち塞がる。

いつも餌をくれて、可愛がってくれる恩永玉に攻撃するのは躊躇いがあったのだろう。しかし偽物と分かって、本気を出すことにしたようだ。

毛を逆立てた分、ろくが大きく見える。

——いや、本当に大きくなっている。

「ろ、ろく……？」

ろくの体はムクムクと膨れ上がっていた。

六本の足の数はそのままに足の長さが伸び、いつもの丸々とした体から、シュッと鋭角な硬さのある骨格に変化している。

もはや猫ではない。黒豹だ。

「じゅうーっ！」

いつものじゅうじゅうという鳴き声は変わらないけれど、それでも幾分か低い気がする。

黒豹のような姿になったろくは、偽物の恩永玉に飛びかかった。

「ひっ！　ば、化け物ッ！」

偽物の恩永玉が焦った声を出した。

偽物の恩永玉には、汪蘭の姿は見えないようだが、ろくは黒豹のような姿に見えるのだ。

恩永玉の見た目なのに、声は男のものだから違和感がすごい。

ろくに襲いかかられて、慌てたように刃物を振り回したが、俊敏なろくにはかすりもしない。

大きくなったろくには、それこそ刃物のような鋭い爪があるのだ。

ろくの爪に弾かれ、ガキィンッという音とともに、偽物の恩永玉が持っていた刃物が明後日の方向に飛んでいった。

さらに、偽物の恩永玉の右肩から腕にかけ、三筋の爪痕が刻まれる。その場に血がボタボタと垂れ、紅色の模様を描いた。

「くっ！」

偽物の恩永玉は、クルッと身を翻し、どこかに駆けていった。と、同時に複数の足音が聞こえてくる。衛士が来てくれたのだ。

「朱妃、ご無事ですか！」

駆けつけた衛士たちの姿に、私は安堵の息を吐きながら、その場に座り込んだ。

「じゅう」

見ればすぐそばに、いつも通りの大きさに戻ったろくの姿があった。

私はぎゅうっとろくを抱きしめる。柔らかな毛並みも、いつもと同じである。

「ろく、守ってくれたのね……ありがとう」

しかも黒豹のような姿に変化してまで。

ろくがいなかったらと思うと、本当に恐ろしい。

どうして黒豹のような姿に変化出来たかは分からないが、ろくはこのところ、成猫の大きさになったようで成長が止まったと感じていた。

大人になったことで、妖の力を使いこなせるようになってきたのかもしれない。

「朱妃……本当に、ご無事でよかった」

汪蘭も泣きそうな顔をしている。

「汪蘭も足止めしようとしてくれて、ありがとう」

私は衛士たちに聞こえないよう、小声で汪蘭に囁いた。

「いえ……私は何も……」

「何言っているのよ。貴方の足止めのおかげで、偽物の恩永玉だって気付けたんだもの」

あそこで冷静になれた。すぐに人を呼ぶという行動に移せたのだ。

私は衛士たちに送られ、なんとか薫春殿に戻ってきた。

そして輪鋒館にいた凛勢も、衛士から報告を受けて薫春殿に駆けつけてくれた。

私は凛勢にことの次第を伝えたのだった。

「朱妃にお怪我はないのですね？」

「ええ、大丈夫よ。びっくりしたけど、ろくと汪蘭が守ってくれて、おかげで擦り傷一つないわ」

「陛下にもこの件をお伝えしてあります。まもなくいらっしゃいます」

「え、でも、忙しいんでしょう。いいの？」

「朱妃も陛下のおそばにいた方が安心されるでしょう。朱妃が刺客に襲われたと聞いては、陛下はもう仕事になりませんよ。陛下の精神状態を安定させるには、朱妃のご無事な顔を見せるのが一番ですから」

しばらくして雨了が薫春殿に到着した。

焦った顔の雨了が飛び込むような勢いで部屋に入ってきたかと思うと、ぎゅうっと抱きしめられた。しかし雨了の存在に、私も心の底からホッとしたのだった。

おかげで落ち着いた私は、もう一度襲われた話を雨了に聞かせた。

「その恩永玉という娘は？」

呼ばれて入ってきた恩永玉は目を真っ赤にしている。きっと泣いていたのだろう。無理もないことだ。

「お、恩永玉にございます……こ、今回の件は……まったく存ぜぬ話で……」

真っ青な顔でブルブルと震えながら言う。そんな恩永玉があまりにも可哀想で、偽物への怒りが湧き起こる。

「恩永玉は関係ないわ。さっきも言ったけれど、私を襲った恩永玉から男の声がしたの。見た目は恩永玉だけど、偽物だったのは間違いないから」

私がそう庇うと、恩永玉は顔をくしゃくしゃにして泣きながらお礼を言う。寄り添った金苑の差し出した布で顔を拭っていた。

「恩永玉は朱妃が襲われた時刻には、薫春殿にて他の宮女たちと仕事をしていたと確認が取れています。宮女だけでなく、宦官の楊益も同じように証言していますから、間違いありません」

「そうか。楊益が言うなら間違いないな。疑ってすまなかった」

私もそれを聞いて安心する。私自身は恩永玉のことはこれっぽっちも疑っていないが、少しでも疑惑が残ったままで過ごすのは辛いだろうから。

それに、私を襲った刺客が他人の姿に変化することが出来るという証明になった。

「あのね、私思ったんだけど、昨日、輪鋒館の近くで目撃された雨了も同じやつの仕業だったんじゃないかしら」

凛勢は頷いた。

「ええ、その可能性が高いですね。姿を変えるということは、妖術、道術の類でしょうか」

「変装ではなかったのは確かよ。恩永玉を毎日見ている私でも全然分からなかったんだもの。ただ、声が別人のままだったってことは、声は変えられないってことじゃないかしら」

「ふむ、今ここに龍の祖がいれば、人間が他人の姿に変化する術の有無や見破る方法を聞けたのだが」

壁巍は神出鬼没で、こちらから連絡を取るのはなかなか難しいらしい。私も夏以降会っていない。楊益に言伝を頼んでも、返事はいつになることやら。

「それから、見張りの衛士たちの話によると、怪しい者が外に逃げていくような目撃はなかったそうです。まだ後宮内に潜んでいるかもしれません」

「右肩から腕にかけて、ろくが引っ掻いた傷があるはずよ。目印になると思うわ」

「はい。後宮にいる全ての宦官と衛士の右肩を確認させましょう。今後後宮への出入りする際も同様の確認作業を徹底させます。血が流れるような深い傷であれば、しばらくは消えないでしょうから」

「でも、まだ刺客が後宮内にいる可能性だってあるのに、雨了が来てよかったの？危険じゃない？」

「一応、秋維成を連れてきた。薫春殿の入り口で待機している。やつは女好きだから後宮には連れて来たくはなかったのだが、そなたの安全を優先したかった。背に腹は変えられぬ」

「え、大丈夫かしら……」

耳を澄ますと、外からキャーキャーと宮女たちの歓声が聞こえてくる。一際うるさい声は蔡美宣だろう。

どうやら薫春殿の外では、秋維成のせいで大変な騒ぎになっているようだ。

秋維成は武人としては非常に頼もしいのだが、雨了も言っていたように女好きで軽薄な部分があり、わざと女性を喜ばせるような振る舞いをして楽しんでいる節があるのだ。

普段女性と宦官しかいない後宮で、あの振る舞いをしたら、恐ろしい騒ぎになるのは想像に難くない。

「……大丈夫ではないかもしれん」

雨了は額を押さえ、凛勢も眉間に深い皺を刻んでいる。私も頷いた。

これは蔡美宣がしばらくうるさそうだ。考えただけで頭が痛くなる。

しかし、その秋維成が現場周辺を検分した結果、刺客はさほどの手練でもなさそうとのことだ。おそらく一般の衛士くらいの実力だろう、と。

汪蘭とろくが足止めしてくれたにしろ、私が大声を出す隙はあったし、衛士が駆け付ける足音を聞いてさっさと逃げていったのは、そういうことなのだろう。

そもそも刺客に狙われた時、私が連れていたのはろくと汪蘭だけだった。ろくは猫だし、汪蘭は幽霊宮女で、ほとんどの人間には見えない。つまり、人気がないところで私が一人で行動しているように見えたため、刺客にもそこを狙われたのかもしれない。今後はそういう隙を作らぬようにせよ、とのことである。

私が刺客に狙われたということで、薫春殿の外では衛士が一日中見張りをすることになった。私も常に誰かしら宮女をそばに置くように定められたのだった。

「とにかく、そなたは一人にならぬようにな」

雨了は私を膝の上に抱え込みながら言った。

「そ、それは分かったから、抱っこするのはやめてよ」

「嫌だ。そなたを手放したくない」

「だって、みんなが見てるしっ！」

部屋には宮女も凛勢もいる。

幼子のように膝に乗せられ、抱きかかえられるのを見られるのは恥ずかしい。

「我々のことはお気になさらず」

凛勢は淡々とそう言うが、余計に顔が熱くなるだけである。

「陛下、朱妃を抱えたままでも出来る仕事を持って来させます。本日はこのまま薫春殿にてお過ごしください」

「ああ、助かる」

「助かる、じゃないってば！」

「ちょうどいいので、朱妃も手伝ってください。お渡しした本をしっかり目を通していれば、理解出来るはずですから」

ぐむ、と私は口を噤む。

「莉珠、諦めて俺の仕事を手伝ってくれ」

「もう！　分かったわよ！」

私は頬を膨らませる。

私は今日一日、雨了の膝の上で過ごすことを余儀なくされたのだった。

その数時間後、この件に関して追加の報告を受けた。

後宮にいる全ての宦官と衛士が右肩を確認されたのだが、ろくの爪痕が残る者はいなかったのだ。

特に新参の宦官と衛士に関しては、刺客が入り込んだ可能性を考え、身元の再確認までしっかりと行ったらしい。それでも怪しい者は見つからなかった。

「既に後宮の外に出ている可能性もありますね。大門を通過する宦官や衛士は右肩を確認していますが、その触れを出すまでに出た者もいたでしょうから」

「そっか、宮女は簡単には外に出られないけれど、宦官や衛士は出るだけならすぐだもんね。右肩を確認される前に逃げちゃったのかも」

「そうだといいが、安心するにはまだ早いぞ」

雨了はそう言う。

「莉珠は偽の恩永玉の声を聞いたのだろう。そうであれば、声を聞いたら分かるのではないか？　後宮中の宦官と衛士を呼んで声を聞くのはどうだ」

雨了からそう言われたのだが、私は首を横に振った。

「それが、聞いたのはほんのちょっとだったし、男の人の声だったな、ってくらいなの。聞き分ける自信はないわ」

「そうか、残念だ」

「とにかく、今後しばらくは道を行き交う際にも黙礼ではなく、声を出した挨拶を徹底させましょう」

宮女同士や宦官同士は自然と顔見知りになるので、お互いの声も知っている。刺客が紛れていれば声で気付けるだろう。

「恩永玉、大丈夫？　私は貴方のことを信じているからね」

「ありがとうございます。金苑も励ましてくれましたし、蔡美宣も薫春殿の宮女たちで合言葉を作るから一緒に考えようと言ってくれたんですよ。金苑は声で分かるのだから合言葉はいらないって言ったのですが、でも蔡美宣はあった方が楽しいって主張して、そのやり取りがおかしくて……」

恩永玉はまだ目元は赤いけれど、ようやく笑顔が戻ってくる。

蔡美宣はやかましいいし、うざったいところもあるのだが、今はその明るさがいい方に働いたようだ。

「私の姿を使われたせいで朱妃が危険な目にあったのは辛いですが、陛下にも信じていただけましたし、もう大丈夫です」

その笑みを見て、私はホッとしたのだった。

それから数日経っても怪しい人物は出てこない。

後宮内の人気が少ない場所も、衛士(えじ)がくまなく探したのだが、潜んでいる痕跡一つ見つからなかった。

また、私が襲われた時刻、黄嬪並びに輪鋒館の宮女(きゅうじょ)と宦官(かんがん)は、全員が凛勢の目が届く場所に集まっていたそうだ。

つまり、輪鋒館の面々は犯人ではないと証明されたのだ。

凛勢はまだ黄嬪を怪しんでいるようだったが、変化する術を使える犯人は少なくとも輪鋒館の者ではないということになる。

嫌な感じがする勾玉の首飾りを持っていたのは気になったけれど、今回の件には関係ないかもしれない。嘘を吐いたのも、何か別の理由があったのかも、と思ってしまう。

そうであってほしいと願っているのだ。

私は黄嬪のことを気に入っている。穏やかな性質も、時折浮かべる、ふにゃっとした微笑みも好ましい。

それに、私と同じく妖(あやかし)が見える稀有な人。

私は黄嬪の夕陽のような色の瞳を思い出す。

彼女は姿形ではなく、どこか深いところで私に似ているのではないか、そう感じるのだった。

しかし、いくつか腑に落ちない点もまだ残っている。

偽物の雨了がどうして輪鋒館のそばにいたのか、という点だ。

噂話からすると、わざわざ人目につくようにしていたようにしか思えない。

私を殺すためなら、そんな風に目立つ必要はない。むしろ目立たない方がいいはずだ。

じゃあ、どうして。

（でも……黄嬪は、きっと関係ないわよね……）

一応、まだ後宮内に潜んでいる危険も頭に入れつつも、これで刺客の事件は一旦の終了ということになったのだった。

第六章

このところ、急に冷え込むようになっていた。

薫春殿の庭では、一年草が茶色く枯れた姿を晒し、葉が散ってしまった木々は寒々しい幹をあらわにしている。

風が頬に当たると痛みを感じるほど冷たい。

間もなく秋が終わろうとしているのを肌で感じていた。

きっと、もう少ししたら雪が降り出すのだろう。

秋の終わりには、どことなく物憂げな雰囲気があるものだけれど、今も憂鬱になる理由が目の前にある。ふう、と小さくため息を吐いた。

少し前に輪鋒館の前で目撃された雨了は偽物だったと公に触れを出されたのだが、一部に信じない者がいるらしい。

「輪鋒館に陛下がこっそり通っているという噂が根強く残っているそうですわ」

噂に詳しい蔡美宣はそう語った。

「まったく、否定されたというのに、どうしてそんなことになるのでしょう！」

金苑はそれを聞いて眉を吊り上げている。

「人は信じたいことを勝手に信じるものですからね。わざわざ公で否定の触れを出したのがかえって怪しいなんて言う人もいます。本物の陛下がこっそり通っているのだという派と、あれは生き霊で、黄嬪に懸想をしているのだという派がいるみたいですわね。どちらの派閥も薫春殿とは仲が良くない者たちですから、その方が都合がいいのでしょう」

人は信じたいことを信じる、という蔡美宣から出た言葉に私は納得した。彼女はたまに、妙なくらい鋭いことを言うのである。

「否定して回っても、逆に怪しい、なんて言われたらどうしようもないわね。それじゃあ放っておくしかないいんじゃない？」

結局のところ静観するしかない。噂はいつか風化するだろう。

「そうするしかありません。まあ、それはそれで、噂を否定しないのは真実だからだ、という人も出てくるでしょうけど。はあ、どうせならそんなくだらない噂がかき消えてしまうようなことが起きればいいのですが。それに、何か起きればまた凛勢様や秋維成様が後宮に訪れてくださるかも！」

私は蔡美宣の言葉に眉を寄せた。

「やめてよね、何か起きたら大変なのは私なんだから」

「そうです！　まったく蔡美宣は！」

「おっと、申し訳ありません」

鋭いことを言うけれど、それでも蔡美宣は蔡美宣である。余計なことまで言ってしまい、金苑からも怒られていた。

「……そういえば、黄嬪はどうしているのかしら」

私が刺客に襲われた日以来、黄嬪とは会っていない。あれ以降、刺客は現れていないが、念のため、あまり不用意に出歩かないようにしているからだ。薫春殿の外に出るのは舞の練習のため、執務殿に向かう時くらいのものだった。

その舞の練習も着々と進んでいる。式典で披露する振り付けも完成した。あとはひたすら完成度を高めるだけである。

黄嬪にコツを教えてもらってから自信もついて、体がよく動くようになったのだ。

失敗を恐れないと上達は早いらしい。

改めてお礼を言いたいのだが、ずっとその機会がなかった。

「ねえ、ちょっと落ち着いたし、輪鋒館に顔を出しに行かない？　私もずっと籠っているのに飽きたから、少し歩きたいわ」

それに愛妃の私と黄嬪が仲良くしていれば、雨了が輪鋒館に通っているという噂も消えてしまうのではないかと思うのだ。

「ええ、私もまた潘恵とお話をしたいです」

自分の偽物が出たことで随分と萎れていた恩永玉も、最近は元気を取り戻して、ニコニコ微笑んでいる。

「そうですね。舞の練習はしているとはいえ、ずっと引きこもっていては、朱妃の足の筋力が落ちてしまい、健康に差し障りがあるかもしれません。道中は衛士に同行してもらいましょう」

金苑もそう言って、輪鋒館に約束を取り付けてくれたのだった。

宮女もなるべくたくさん連れていた方がいいだろうと、金苑、恩永玉に加え、蔡美宣も連れて輪鋒館に向かう。

しかし、輪鋒館の近くまで来たが、やけに騒がしい。あまり賑わうような場所ではなかったはずなのに。

やけに着飾った宮女がウロウロし、綺麗な箱を手にして輪鋒館に向かう様子なのである。しかも、普段であれば私の姿を見て端に寄り道を譲るのだが、私に気付いてもその様子はない。横目でチラッと見るだけで、通り過ぎて行ってしまう。

ヒソヒソしている宮女たちも、私に向けられる侮りの視線と、黄嬪を讃える言葉で溢れているようだ。

「あの態度、何かしら」

そう言うと、蔡美宣が耳打ちしてくれた。

「さっき言った噂の話のようですわ。輪鋒館に陛下が通われているのであれば、通りすがりに自分も見初められるかも、と考える宮女や、今のうちに輪鋒館に贈り物をして、親しくなろうと思っている者もいるみたいです」

つまりこの周辺にいる宮女は、輪鋒館派ということなのだ。

金苑は冷ややかな目をして、フンと鼻を鳴らしている。

「気にせず向かいましょう」

輪鋒館の前には数人の宮女が列を作っていた。しかも、彼女たちの手には贈り物らしき箱がある。

そばにいくと、彼女たちがヒソヒソと話しているのが聞こえてきた。

「ねえ、黄嬪が新しい愛妃、いいえ、寵姫なのでしょう」

「そうらしいですわ。穏やかで素敵な方らしいから見初められたのね」

「陛下は異国趣味なのではないかしら。もしくは目新しいものがお好きなのかも」

「だから愛妃は襲われたなんて虚言で離れた陛下のお心を再び掴もうと――」

「失礼！　黄嬪とのお約束があるので通してくれます？」

空気を読まない蔡美宣が大きな声で宮女の列に声をかけると、ギョッとした顔で場所を開けてくれた。私の存在に気付いていないからあんな話をしていたのだろう。並んでいた宮女たちは気まずそうに去っていく。

どうやら愛妃の私に対して、黄嬪は寵姫と呼ばれているらしい。

しかも、会話の内容から察すると、私が刺客に襲われた件も自作自演で、虚言で雨了の同情を買おうとしていると思われているらしい。

「朱妃、気にすることはありません」

金苑はそう言ってくれた。

「もちろん、あんなの全然気にしてないわ」

全員がそう思っているわけではないだろう。親しくない宮女に何を思われても別にどうでもいい。

私は門の下方に視線を落とした。以前、敷石の左右に咲いていた輪鋒菊の花は茎が折れ、枯れてしまっている。

足元をろくに見ない宮女たちが押しかけて、花が踏まれてしまったのかもしれない。宮女たちのくだらない噂話よりも、私にはこっちの方がずっと悲しい気がした。どうせ秋が終われば枯れてしまう花だとしても、踏み躙られて終わるなんて。この花を黄嬪に重ねていたせいか、余計に物悲しく感じた。

室内も、以前は質素な佇まいながら整頓されていたのに、外に並ぶ宮女たちが持って来たと思しき高級な茶や香が入った箱が乱雑に置かれ、どことなく荒んだ雰囲気に見えた。輪鋒館は新人の宮女が多く、人員も少ないそうだから贈り物を貰っても整理が追いついていないのかもしれない。

「ようこそおいでくださいました、朱妃」

出迎えてくれた黄嬪も、どこか浮かない顔だ。

あんなに声が大きく溌剌としていた潘恵も黙って頭を下げた。二人ともあまり元気がない。

「あ、あの……朱妃が不審者に襲われたと伺いましたが、大丈夫でしたか？　お、お怪我とかは……」

黄嬪はおどおどと尋ねてくる。

「ええ。擦り傷一つなかったし、平気よ」

そう言うと、黄嬪はホッと息を吐いた。

「よかったです。あ、いえ……怖い思いをされたのに、よかったなんて言ってすみません」

そう言って華奢な肩を丸めた。

「気にしないで」

私が無事だったことを心から安堵している様子だ。やっぱり彼女は無関係だったのだろうと思えてくる。

「お茶をお持ちしました」

潘恵が出してくれたお茶は、以前と同じ薬草茶だった。

客間に通されるまでに、高級茶の箱が無造作に転がっていたのを見たのだが、黄嬪は相変わらず薬草茶を飲んでいるのだ。よほどこの味が好きなのだろうか。

それにしても、薬草茶は前よりもやけに濃くなっている。ふんだんに薬草を使っているのだろうが、以前は独特の香りながら飲みやすかったのに、今は渋みが気になるくらい濃い。しかし黄嬪は潘恵に指摘することなく飲んでいるので、輪鋒館ではこの濃さの薬草茶が当たり前になっているかのようだ。

金苑は私の背後で控えたままだが、恩永玉や蔡美宣は潘恵とともに部屋を出ていった。和気藹々とした雰囲気が垣間見える。潘恵も元気を出してくれるといいのだが。

私の方も、お茶の濃さは気にせず、黄嬪とゆっくりおしゃべりすることにした。

「ええと、黄嬪、元気にしているかしら。体調はどう？」

ふと、彼女の顔色が以前より白っぽく見えた気がしたのだ。元々色白だからそんな気がしただけかもしれない。黄嬪には慣れない環境な上、このところぐっと冷えてきたから風邪でも引いていないだろうか。そう軽い気持ちで尋ねたのだが、彼女はビクリと肩を揺らした。

「げ、元気です！　ど、どうしてそんなことを……」

黄嬪の顔が引き攣っている。

あからさまに何かを隠しているような態度だ。

そう考えてしまい、私はそっと息を吐く。

私こそ彼女を心配しているようで、本当は心の底で信じていないのかもしれない。

だから些細なことで怪しんでしまう。

黄嬪だって、人質として馬理から急にこんな場所に放り込まれているのだ。色々思うところがあるだろうし、人間なんだから隠し事くらいあって当然なのに、本心を推し測ろうとしてしまったのだ。疑り深い自分が嫌になる。

私は黄嬪におかしく思われないよう、明るい声を出した。

「特別な意図はないの。ほら、外に宮女が並んでいたのを見たから……ああいう手合いをあしらうのは大変でしょ？　それに後宮は馬理とは気候も違うだろうし、慣れない土地に来た疲れが出る頃じゃないかと思って」

「あ、あの……すみません。確かに……ちょっと疲れますね」

黄嬪は肩を窄めた。背中までうんと丸めたせいで、背が高い彼女が小さく見える。

「……嫌なことを言う人はいなくなりました。わたしだけじゃなく、潘恵の機嫌も取ろうとしたり、高そうなものをくれたりするんです。でも、それはわたしが望んだことではありません。陛下のことは誤解だって言っても、奥ゆかしいとか、そこが喜ばれるのでしょうとか、全然、聞いてもらえなくて」

「……大変ね」

「しかも、そういう人たちは、薫春殿のことや朱妃のことまで悪く言うんです。そのせいで潘恵まで、まるで来たばかりの頃と立場が逆転したみたいだなんて言うし……」

黄嬪はそこまで言って、ハッとしたように口を噤む。

言い得て妙だ。

馬理から来たばかりの頃は嫌がらせをされていた彼女が、今は周囲からチヤホヤされている。私は逆に、襲われたことを虚言だと思われてしまう有様だ。勢力図があるとすれば、黄嬪に傾いているように見えるだろう。

「あ、す、すみませんっ！　わたし、そんなつもりじゃ……」

失言だと思ったのか、黄嬪は青ざめた。

そんな彼女を安心させるように笑いかけた。

「気にしないで。噂は噂でしょう。今日も私は黄嬪のおかげで舞が上達したから、改めてそのお礼を言いに来たんだもの。色々と変な噂も飛び交っているけど、そのうちに収まると思うから。それより、黄嬪と気まずくなってしまう方が嫌だわ」

「……ありがとうございます」

黄嬪はふにゃっとした笑みを浮かべる。随分と久しぶりに見た気がする。私も黄嬪のその笑みにホッとした。

しかしせっかく来たのに、会話がギクシャクしてしまったので、話を変えることにした。

「そうそう、式典の日取りが決まったの。まだ他では内緒にしていて欲しいのだけれど、黄嬪はもう私が貴妃になることを知っているから、伝えておこうって思って。龍圭殿で行われる新年の祝いに合わせてやるらしいのよ」

「し、新年……龍圭殿で……」

黄嬪は目を見開く。

そんなに驚くことだろうか。そう思いながらも話を続ける。

「もうあんまり期間がないでしょう。それまでにもっと完成度を高めないとね。黄嬪も楽しみにしてて。陛下に捧げる舞だけど、黄嬪にも見てもらいたいと思っているの。それに、馬理からも来賓が来るでしょうから、黄嬪も久しぶりにご家族に会えるかも――」

「あ、あのっ……この国は、いつ頃から雪が降るのですか？」

突然、話を遮って黄嬪はそう言った。身を乗り出し、ガタンと音を立てて立ち上がっている。

「え？　雪？」

彼女らしくない態度に、私は目をぱちくりとさせながらも答えた。

「ええと、例年ならそろそろ降り始めるかもしれないわ。このところ風が痛いくらい冷たいでしょう。その風の向きが変わり始めると雪が降るのよね。積もるのはもう少し先だけれど」

「そう、ですか……」

黄嬪は俯く。

ただでさえ白い肌が、ますます白く見える。俯いたせいで顔に影が落ちたからだろうか。

「ね、ねえ、大丈夫？　急にどうしたの？」

やっぱり具合が悪かったのかと思い、私と金苑は黄嬪のそばに近付く。

黄嬪の体はふらふらと揺れていて、今にも倒れそうに見えた。

「潘恵を呼んできます」

私の背後で控えていた金苑もそう思ったようで、小走りに部屋の外に出ていくのが見えた。

「しっかりして。とりあえず座った方がいいわ」

そう言いながら、私は黄嬪を椅子に座らせようと腕を掴む。その瞬間、思わず驚きの声が漏れた。

「え……？」

掴んだその腕は、あまりにも細く、骨張っていた。

一瞬、腕ではないところを掴んでしまったのかと思ったくらいだ。

「お、黄嬪、その腕……」

「あっ――」

慌てたような黄嬪に手を振り払われた。互いの手がぶつかり、パチッと高い音がする。

その音が、何故か火花が散る音のようにも聞こえた。

「あの、ご、ごめんなさいっ！　わたし、そんなつもりじゃなくて……」

黄嬪の方がその音に驚いたようだった。慌てたように私の方を向き、至近距離で目と目が合った。

黄嬪の赤みの強い橙色の瞳が潤んでいる。

彼女の沈む直前の夕陽色をした目と視線がかち合った瞬間、私の目の前が真っ赤に染まった。

キーンと耳鳴りがする。全身の血の気が引いたように動けない。そのまま、私の意識は暗転していった。


ふわり、ふわり、と空中に浮いている。

真っ赤な視界から切り替わって、どこかの建物内にいるようだった。

輪鋒館ではなさそうだ。しかし薫春殿とも違う。

また魂が抜けて、どこかに行ってしまったのだろうか。

これまで何度か魂が抜けて、遠くの場所や過去を覗き見てしまったことがある。

しかしその時より、さらに自分が希薄になっている気がした。まるで空気に同化してしまったかのようだ。手足の感覚もなく、目だけになっているみたいだ。

ここはどこだろう。

やけに静かで何の音もしない。

艶々に磨かれた板張りの床が目に入る。どこかで見たような気はするのだが、思い出せない。薫春殿の板張りの床とは色味が違うから、別の場所なのだろう。かといって、輪鋒館もこんな床だっただろうか。

次に目に入ったのは、開け放たれた両開きの大扉だ。外の景色が見える。といっても、ここからでは空しか見えない。

空は鈍色の雲に覆われていた。

どんよりと薄暗い空から、ふんわりとした白綿がはらはらと舞い降りてくる。

——ああ、雪が降っているからこんなにも静かなのね。

視界はそのままゆっくりと下に移動して、次は雪に不釣り合いな赤色がチラッと見えた。

あれは何かしら。

広い場所に赤いものが広がっているのだ。

ドクン、と心臓が跳ね、嫌な予感が這い回る。

雪は紗の布を広げたように、薄らと地面を覆っている。

そこに真っ赤な血を流して――私が仰向けに倒れていた。

胸からお腹にかけて、深い傷を負っているようだ。着物が裂け、血で真っ赤に染まっていた。

すぐそばには刃物が転がっていて、倒れた私と刃物を血の跡が繋いでいる。刃物にべったりと付着した血液からも、かなり深く刺されたのだと伺えた。

――嘘、何これ。

そう言いたかったけれど、声にはならない。

倒れた私の上に、あとからあとから雪片が落ちてくる。そして流れる血液の上にも落ちては、ふわっと溶けて消えてしまう。

倒れた私は硬く目を閉じ、息をしているかどうかも定かではない。ピクリとも動かず、血の気のない真っ白い顔は、死んでいるようにも見える。

恐ろしい。

見たくない。

叫びたいけれど、叫べない。

ただ、この光景を見ているしか出来ないのだ。

不意に、ゆるっと景色が溶けて、ぐにゃぐにゃに混ざり、遠ざかっていく。

やがて、ぶっつりと途切れた。

「――っは、あ……！」

私はぱちりと目を開けた。

見慣れた薫春殿の格子窓が目に入ってくる。眩しさに、思わず目を細めた。

胸や腹にペタペタと手を当てて確認したが、何もない。痛くもないし、血の一滴も付いていなかった。

魂が抜けてしまったのかと思っていたが、自分の体には何事もない。

じゃあ、あれはただの夢だったのだろう。

はああ、と深く息を吐いた。

空もあの鈍色の雲とは似ても似つかない青空で、枝に少しだけ残った落ち葉がハタハタと揺れ、風に抗っている様子が見えた。雪も降っていない。まだ秋なのだ。

「……あれ？」

　私はもそもそと起き上がる。

　何故薫春殿にいるのだろう。キョロキョロと辺りを見回すが、間違いなく薫春殿の自室である。輪鋒館に行っていたのではなかっただろうか。

「まあ朱妃、お目覚めですか。とりあえず、恩永玉を呼んで……いえ、私では呼べないんでした。うーん、不便ですね。どうにか呼ぶ方法はないでしょうか」

　汪蘭のそんな呟きが聞こえる。

「汪蘭？　私、何でここにいるの？」

「覚えておりませんか？　輪鋒館で倒れたそうですよ」

「じゅう！」

　ろくもひょこっと顔を出す。

　私は膝に乗ってきたろくをもしゃもしゃと撫でくりまわした。

「倒れた……？　そのせいかしら。なんだか変な夢を見たわ」

　声が聞こえたのか、恩永玉も顔を出した。

「朱妃、目が覚めたんですね。大丈夫ですか？　今、侍医をお呼びしますから」

そう言う恩永玉に、パタパタと手を振ってみせた。

「いいって。侍医を呼ぶほどじゃないわ。それより私、輪鋒館で倒れたの？　黄嬪は？」

「それが……金苑が潘恵を呼びに行っている間に、朱妃が倒れたのだそうです。黄嬪も顔色が悪くて、今にも倒れてしまいそうでした。あの、何かあったのですか？」

恩永玉は心配そうに眉を下げている。

「うーん、黄嬪に何かされたとか、そういうのではないわ。黄嬪が真っ白な顔をしていて、倒れそうだったから、とりあえず座らせようとしたの。そしたら何故か私の方が倒れちゃったみたい」

それを聞いて、恩永玉は首を傾げながら私の額に手を当てる。

「熱はありませんね。冷たすぎることもないですし、立ちくらみでしょうか」

「……そうかも」

そう思いたかった。

不意にあの血溜まりに倒れた私の姿を思い出して、ギュッと手を握りしめる。あれはただの夢だ。そう考えると少し楽になってくる。

「じゅう……」

ろくが心配そうに寄り添ってくれた。

「ありがとう、ろく」

「貧血の立ちくらみでしたら、何かお腹に入れたほうがいいですね。甘いものと温かいお茶を用意します。召し上がれそうですか？」

「うん！」

甘いものを食べたらすぐに回復するだろう。

そんな予感の通り、牛の乳と卵を混ぜた柔らかな蒸し菓子を食べた私は、あっという間に元気になったのだった。

しかし真っ白な顔をしていた黄嬪は大丈夫だろうか。

元気になると、あの驚くほど細い腕のことを思い出した。私がガリガリだった頃よりも細い気がする。痩せていても自分の腕を触ると、多少の肉の柔らかさがあったと思う。けれどあの時の黄嬪の腕はそれよりさらに細く骨張っていた。

それに、あの夢は一体。

血の色を思い出すだけで気持ちが悪くなる。

黄嬪ならあの夢のことを何か分かるだろうか。

神招きをしていたことがあり、しかも妖が見える。息壊事件もあっという間に解決してくれたのだから。

黄嬪にもう一度会って、話したい。

そう思って、次の日に輪鋒館に連絡してもらったのだが、黄嬪は体調不良とのことで会うのは断られてしまった。

会えないと言われてしまった恩永玉が、肩を落として戻ってくる。

「黄嬪はまだ体調が悪いみたいですね」

「ええ……」

それから数日経っても、体調不良と断られ続け、会えないままだった。

もしかして、もう私に会いたくないという意思表示なのだろうか。

潘恵と仲良くしていた恩永玉も同じように思ったのか、少し落ち込んでいるみたいだった。

後宮はますます寒くなり、枝にしがみついていた枯葉も全て落ちてしまった頃、初雪が降った。

とうとう冬が始まったのだ。

冬の初めの雪は、降ったかと思えばすぐに止んでしまう。乾いた地面に落ちて溶けてしまい、跡形も残らない。雪が降るとあの夢を思い出してしまったが、雪が積もらず消えるのを見て、ホッと息を吐いたのだった。


ふと気が付くと、私は舞の練習をしていた。

――あれ、今って舞の練習中だったかしら。

それまで何をしていたのか、よく思い出せない。たった今、目が覚めたかのようだ。

しかし、練習の手を止めるわけにはいかない。とにかくひたすら練習をこなし続けた。

魯順が伴奏として胡弓(こきゅう)を弾いてくれているので、それに合わせて領布(ひれ)を振り、クルッと回る。

と、次の瞬間、ビィンッと激しい音がして、伴奏が止まった。

「す、すみません！　弦が切れてしまいました！」

魯順の手にした胡弓(こきゅう)の弦が一本切れてしまったようだ。慌てる魯順の頬に、一筋の赤が見えた。

「ちょっと、魯順！　頬が切れてるわ！」

そう言うと、魯順は頬を手で押さえた。

「え、あっ！　お、お見苦しいものを見せてしまい、申し訳ありません。弦が切れた拍子に顔に当たったみたいです」

魯順曰く、弦が切れた際に、頬や手に当たって怪我してしまうことはよくあることらしい。

「ああ、びっくりした……」

「驚かせてしまってすみません」

「ううん、それより痛くないの？」

「痛みはありますが、これくらいなら問題ありません。代わりの胡弓を持って参りますので、お待ちください」

頬が切れたといっても、大したことはなさそうで、ホッと胸を撫で下ろした。

と、その時、ゆるっと景色が溶けた。ぐにゃっと崩れて、遠ざかっていく。

あれ、これは前にも見た――そう思った瞬間、肩を揺すられて目を開く。

「朱妃、大丈夫ですか？」

恩永玉が心配そうに顔を覗き込んでいた。

「ん、あれ……?」

キョロキョロと見回すと、薫春殿である。

「朱妃、どうしました?　眠られていたようですが……」

「私、寝てた?」

「はい。お茶を飲んでいたら、急にすうーっと寝息を立てられて」

見れば、椅子に座ったまま、突っ伏していたらしい。そういえばお茶を飲んでいた最中に、急に眠くなった気がする。

お茶はまだ温かい。寝たと言ってもほんの一瞬のようだ。

「お疲れのようですね。これから舞の練習ですが、大丈夫ですか?」

そう言われてガクリと肩を落とす。

「じゃあさっきの舞の練習は夢だったの!?」

「ああ、ありますよね、そういう夢」

はあ、と息を吐く。やけに生々しい夢だったから、今日はすでに練習を終えたような気分だったのだ。

「しんどそうですし、今日はお休みした方がいいのでは……」

「ううん、行きたくないけれど、練習はちゃんとしなきゃね」

もう練習は勘弁、という気持ちもあるが、しょせん夢は夢である。渋々と舞の練習に向かった。

執務殿の一室で、魯順が弾く胡弓の伴奏に合わせて踊る。チラッと視線を向けたが、魯順の頬は無傷である。

やっぱり、さっきのはただの夢だったのだろう。舞の練習はいつも同じようなものだし。

これまで、魂が抜けてしまうことが何度かあったせいで、生々しい夢に変な気がしてしまったのだろう。

夢と同じくひたすら練習をこなす。

クルッと回った瞬間、ビィンッと音がして、私は足を止めた。

魯順の頬から血が流れている。

「す、すみません！　弦が切れてしまいました！」

魯順の口から、夢と同じ言葉が出て体を震わせた。

――夢じゃなかったの？

ゾワッと鳥肌が立つ。

混乱する私に、魯順は夢と同じく、お見苦しいものを見せたと謝罪し、弦が切れた際に当たって手や頬が切れてしまうのはよくあるのだと説明する。それも全て夢と同じだった。

私は呆然と立ち尽くす。魯順が代わりの胡弓を持ってきたけれど、動けない。

「朱妃、お顔の色が真っ青です。やっぱり体調が良くなかったのでしょう。舞の練習はここまでにいたしましょう」

付き添いの恩永玉が私に駆け寄り、背中に手を当てた。

着物越しにも恩永玉の手が温かいと分かるくらい、私の体は冷え切っていた。

呆然としていた私は、いつのまにか薫春殿に帰ってきていた。

「急に冷え込んだから、風邪を引いたのかもしれません。侍医に診てもらいましょう」

「ううん、必要ないわ。ちょっと寝れば平気だから」

私はそう突っぱねて布団に潜り込んだ。

風邪ではないのは、自分が一番よく分かっている。

布団に包まっても眠気は訪れない。寝るつもりもなかった。ただ、誰にも話しかけられない状況で、頭の中を整理したいだけ。

布団の中で息を吐く。

白昼夢が現実になってしまった。予知夢というやつだろうか。

私が倒れていたあの夢。思い出すだけで鳥肌が立つ。あれも予知夢だとしたら、私は――

胃がぎゅうっと捩れる気がする。

思い出したくない。

それでも思い出さなければいけないのだ。

予知夢なら、今から対策を練れるかもしれない。

夢で私が倒れていたのは、広い地面がある場所だった。その前に艶々に磨かれた板張りの床と開け放たれた大扉が見えたから、どこかの建物から出てすぐの場所のようだ。手入れの行き届いた床や大扉から判断すると宮城内か、離宮のようなところだろう。後宮にも私が行ったことない建物もあるので、今の段階では後宮の中か外かすら分からなかった。

雪が降っていたから、おそらくもう少し後の時期のはず。地面に雪が降り、薄らと色が変わっている様を思い出す。冬の初めはもっと雪が少ない。パラパラ降って、積もることなく消えてしまうのだ。地面の色が変わるくらい雪が降るのはまだ先だ。

時間はまだある。そう自分に言い聞かせると、激しく跳ねていた心臓も少しずつ落ち着いてくれた。

多分、再び刺客に襲われるのだろう。先日の恩永玉に変化していた刺客はまだ近くにいるのかもしれない。

とりあえず雨了に頼んで、警備を強化してもらおう。

場所が分からないのは問題だが、少なくとも薫春殿ではない。それなら薫春殿にいる限り安全だ。

落ち着いて考えたことで、少し気持ちが回復してきた。

怖いけれど、怖がっているだけではどうにもならない。

何故急に予知夢を見たのかも分からないが、見たからには回避出来るように動くべきだ。

私は拳をギュッと握りしめた。

また私はふわふわと浮いているようだった。魂が抜けた時にも近いが、今は大気に同化しているような、もっと俯瞰的な感覚がある。この感覚が予知夢の際の特徴なのだろうか。

これが予知夢であれば、大切なのは記憶しておくことだ。

場所はどこで、時間はいつ頃で、何が起きるのか。知っておけば回避も可能かもしれない。

そう思って、目という感覚はないけれど、しっかり目を見開いたつもりで観察する。

どうやら今いるのは薫春殿のようだ。

私の部屋の付近ではなく、宮女（きゅうじょ）たちが仕事をする部屋近くの廊下である。

窓から差し込む日差しを確認すると、随分と日が傾いていると感じる。おそらく夕方近くなのだろう。

後は何が起きるかだ。

ふと、廊下の曲がり角に、木製の花台があるのに気が付いた。台には大きく口が開いた陶器製の花器が置かれ、山茶花が活けられている。

鮮やかな紅色の山茶花は、秋以降の花が少なくなった薫春殿を明るくしてくれるかのようだ。

と、その時、バタバタと足音が聞こえた。足音だけで喧しさが伝わってくる。これは蔡美宣の足音に間違いない。

想像の通り、蔡美宣がこちらに向かってくるのが見えた。金苑と一緒のようだ。

「金苑、そんなに怒らないでくださいな」

「怒ります。蔡美宣の休憩はとっくに終わっているのに、今まで何をしていたんですか」

「朱妃の冬物の着物の組み合わせを考えていたら、いつの間にやら時間が経ってしまっていたのです」

「まったく貴方は……」

蔡美宣がまた金苑に怒られているようだ。

口という感覚はないけれど、大きくため息を吐きたい気持ちでいっぱいである。

呆れながら見守っていると、ドタバタと小走りをしていた蔡美宣がズルッと足を滑らせた。

「きゃあーっ！」

「蔡美宣！」

蔡美宣は足を滑らせた勢いで、曲がり角にある花台に目掛けて突っ込んだ。ガシャーンと激しい音がする。

「いたた……」

花台は薙ぎ倒され、落ちた花器は粉々に割れてしまっていた。

「大丈夫ですか？　怪我は？」

「あちこち痛いですわ」

「見せてください」

泣きごとを言う蔡美宣の体を金苑は冷静に検分しているようだ。

「よかった。割れた陶器で切ってはいないようですね。痛いのは打撲でしょう」

金苑はホッと唇を緩めた。

「すみません、金苑。花器が割れてしまいました」

「いえ、貴方に怪我がなくてよかったです」

「わたくし、箒を取ってきます」

またドタドタと走り出す蔡美宣。

その場に残された金苑は、床に撒かれてしまった山茶花に手を伸ばす。落ちてしまった花が可哀想だと思ったのかもしれない。
しかし弾かれたように手を引っ込めた。
「痛っ……！」
パタパタと音を立てて血が零れた。
どうやら山茶花の花弁の隙間に、割れた陶器の破片が挟まっていたようだ。金苑は
それに気が付かず、指を切ってしまったのだろう。
そこまで見た時、ぐにゃっと景色が歪む。
これが予知夢の終わりの合図であることは分かっていた。
ハッと目を覚ます。
薫春殿の自室の文机前に座っていた。
目の前には凛勢から渡された本がある。少し考えて、読書中だったのを思い出した。
座る私に、背中を押し付けていた丸くなっていたろくが、じゅう、と小さく鳴きな
がら顔を上げる。
「ごめん、なんでもないの。うたた寝していただけよ」
そう言うと、ろくも起きるようで、背伸びをして立ち上がった。後ろ足を左右片方

ずつ伸ばし、プルプルと震わせている。

私はそれを見ながら予知夢について考えていた。

蔡美宣が花器を割ってしまい、金苑が怪我をするのだ。

時刻は夕方頃だと思う。

私は窓の外に視線を向けた。まだ夕方というには早く、太陽も高い位置にある。

今日の話かも定かではないが、様子を見に行こう。

私はそう考えて自室から出た。

「確かこの辺りの廊下よね」

普段は行かない辺りなので、キョロキョロしながら歩いていると、覚えがある曲がり角に花台があった。陶器製の花器に、紅色の山茶花が活けられているのも予知夢の通りだ。

「見つけた」

まだ割れていない。

予知夢で見たのと同じ山茶花だし、今日か明日くらいの近いうちに起きるのかもしれない。

「あら、朱妃、どうかなさいましたか?」
布が入った籠を手にした恩永玉がいた。仕事中のようだ。この付近に私が来ている
のが珍しいから驚いているのだろう。
「あ、ええと、ちょっと暇つぶしにブラブラしていたの。仕事の邪魔してごめんなさ
いね」
私は適当な言い訳をする。幸いにも恩永玉は怪しまなかったようだ。
「いいえ、とんでもありません。その山茶花、綺麗でしょう。咲いているのをいただい
てきたんです」
恩永玉は鮮やかな紅色の山茶花が霞んでしまいそうな素敵な笑顔でそう言った。
「この花、恩永玉が飾ったの?」
「はい。もう冬ですから薫春殿にお花が少ないので寂しくて。鮮やかな花の色を見る
と、明るい気分になりますから」
「そうね。……でも、ちょっとこの場所は危なくないかしら。その……ほら、蔡美宣
が転んで、ひっくり返しそうだなーって」
さすがに苦しい言い訳だろうか。しかし、素直な恩永玉は納得してくれたようだ。

「確かに花器の大きさに比べて花台がちょっと小さくて不安定でしょうか。他の場所に置きますね」

「うん、そうした方がいいかなって思ったの。それに、せっかく綺麗な山茶花だから、もっとみんながよく見える場所の方がいいかもしれないわ」

「はい、そうします」

恩永玉は、手にしていた籠を置き、花器を持って別の場所に運んで行った。

よし、これで蔡美宣が転んでも花器は無事だろうし、金苑も怪我をしないはずだ。

ついでに金苑に、蔡美宣がぼーっとしていて夕方からの仕事を忘れているかもしれないと伝える。金苑には心当たりがあったようで、予知夢で見た時間よりも早く、蔡美宣を仕事させるために向かって行った。

これで一安心だ。私が刺されて倒れていた夢もこんな風に変えてしまえばいい。私は久しぶりにぐっすり眠った。

次の日、朝から恩永玉がしょんぼりと肩を落としている。

「どうしたの？」

「金苑に怪我をさせてしまって……」

「えっ⁉」

驚いた私に金苑が近寄ってきた。

「いえ、あれは恩永玉のせいではありませんよ」

「でも……」

金苑の右手の人差し指に包帯が巻かれている。昨日の予知夢で見た怪我をした位置と同じだった。

「その手……何があったの？」

「私のせいなんです。昨日、朱妃に危ないって言われたばかりなのに」

目を潤ませる恩永玉に金苑は首を横に振る。

「ただの不運が重なっただけです。恩永玉が山茶花の花器を部屋の隅に飾ってくれたのですが、突風で勢いよく開いた扉にぶつかって割れてしまったんですよ。切ったのは、破片を片付けようとした私がうっかりしただけですから、恩永玉は何も悪くありません」

「でも、私があそこに置かなければ」

私は二人の話を聞いて血の気が引いていた。

予知夢を見て、回避出来るように動いたのに、結果は同じになってしまったのだ。

結局花器は割れて、金苑が怪我をしてしまった。

蔡美宣が転んで割らないように手を打ったのに、別のことが起きて、同じ結果になる。変えられなかったのだ。

「朱妃、顔色が悪いですよ。私の怪我は大したことありませんから」

そう言い張る金苑に、私は心配させないように頷いて見せた。

「う、うん。怪我が治るまで、水仕事をする時は気を付けて……」

金苑は様子がおかしい私に首を傾げながらも頷いた。

私はそれから、凛勢に勉強するように言われていたのを思い出したと言い訳をして、自室に籠った。

部屋の中で一人になり、息を吐く。

感情がぐるぐる回って苦しい。

予知夢は回避出来るものだと思っていた。

だから、私に出来ることをしたつもりだ。なのに、結果は同じだった。

花器は割れるし、金苑は怪我をする。当初の原因である蔡美宣をどうにかしてもダメだったのだ。蔡美宣が転ばなくても、突風が起こって花器は割れてしまった。回避するための行動に意味はなかったのだ。

――では。

最初の予知夢で、私が刺されて倒れていたのも、回避出来ないということなのだろうか。

胃のあたりがギュッと苦しくて、胸を押さえた。

「……私、死ぬの……？」

呟いた言葉がひどく遠く聞こえる。

手が震えてしまう。

これを一人で抱えるには大きすぎる。誰かに相談したい。思い浮かんだのは、黄嬪の顔だった。

「そうだ、黄嬪！」

そもそも、最初の予知夢は黄嬪に触れた時だった。

黄嬪は神招きをしていた人だし、妖（あやかし）にも私より詳しい。この予知夢についても、何か知っているかもしれない。

私は黄嬪に会って話したいと連絡をした。

しかし何度連絡しても断られ、会うことは叶わない。

焦れた私は金苑と恩永玉を連れて直接輪鋒館に向かった。

しかし、黄嬪の顔を見ることも出来なかった。

潘恵が、太い眉をぎゅうっと寄せて、頭を下げる。

「……ごめんなさい。何度頼まれても、黄嬪に会わせることは出来ません」

門のあたりまで薬草を煎じる匂いがしていた。以前出された薬草茶と同じ匂いだが、今の方が匂いが強いのは、それだけたくさんの薬草を使っているからだろうか。

「ねえ、潘恵。前に出してくれたお茶、変わった匂いの薬草茶だと思っていたけれど、もしかして黄嬪はその頃からずっと体調が悪かったの？」

だから日常的に薬草茶を飲んでいたのだろうか。

そう尋ねると潘恵は泣きそうな顔をして頷く。

「……はい。本当に黄嬪は体調がよくないんです」

「それなら、薬草茶だけじゃなくて、ちゃんと医者に診てもらった方がいいわ。私の方から手配してもいいから……」

「ごめんなさいっ！」

潘恵は泣きそうな顔で扉を閉めた。

「……ダメね」

私は息を吐く。

「はい……私も何度か医者を呼ぶか尋ねたのですが、断られてしまったんです。よその宮殿のことなので、それ以上の干渉も出来なくて……」

恩永玉も眉を下げている。彼女なりに、どうにか黄嬪たちの力になりたかった様子だ。

諦めて外に出ると、一時期は賑わっていたのが嘘のように輪鋒館の周囲は閑散としていた。仕事中と思しき宦官が通行している姿があるだけだ。

「あの列を作っていた宮女たち、もういないのね」

「前回、朱妃が輪鋒館に行って以来、輪鋒館は門を閉ざし、贈り物は受け取らなくなったそうです。門の前に置かれたこともあったようですが、潘恵が直接返しに行ったとか。今はもう誰も輪鋒館に近寄らず、輪鋒館の宮女や宦官も、最小限しか残っていないとのことです」

金苑は淡々と説明してくれた。

擦り寄ろうとする人間は、見限るのも早いのだろう。

黄嬪に頼るのは無理のようだ。

では、やはり雨了に相談するしかない。

幼い頃に大切な人たちを失った雨了は、心に傷を抱えている。

次に私を失ったら――いや、失うかも、と考えさせるだけで、心が不安定になってしまうかもしれない。だから、雨了に話す前に、自分でどうにか出来ればよかったのだが。取っ掛かりになりそうな黄嬪とは話すどころか会えないのだから仕方ない。

私は凛勢にどうしてもと頼み込み、忙しい雨了にわずかながら時間を作ってもらった。厳しい凛勢だが、私の必死な態度から、何かを感じたのかもしれない。

「莉珠、どうした。何かあったのか」

雨了は執務からそのまま抜けて来た煌(きら)びやかな格好のままだ。

「ごめん、忙しいのに」

「いや、構わない。……少し痩せたか？」

雨了は私の頬を撫でる。その指には書き物をしていて付着したらしい乾いた墨の跡があり、手を拭う暇もないほど忙しいのに私に時間を割いてくれたのだと察した。

「あ、あのね……」

私は予知夢のことを伝えようと口を開く。

しかし言葉にならない。

心情的な理由ではなく、声が出ないのだ。

「あ、あれ、ええと……」

言いよどむ声は出るのに、肝心の予知夢ということを伝えられない。

雨了は首を傾げながらも私の言葉を待っている。しかし、どんなに頑張っても伝えるための言葉は出なかった。

おそらく、予知夢の件は他人に伝えられないようになっているのだ。

どうしよう。

躊躇いながらも、声がまったく出ないわけではないのは気付いていた。それなら別の言い回しで近い意図を伝えられないだろうか。

「わ、私、その、最近、夢見が悪くて」

予知夢という言葉を使わず、ぼかした言い方であればなんとか告げられた。

雨了の形の良い眉が顰められる。

「せ、精神的なものなのかなって……思って」

「そうか。もしや、刺客に襲われたことが響いているのだろうか」

「う、うん、そうなの。怖くて……それで……」

雨了は私をそっと抱き寄せた。

「俺が常にそなたのそばにいられたらよかったのだが。怖い思いをさせてしまってすまない」

「ううん、雨了のせいじゃないよ。でも、まだ刺客は消息不明のままでしょう。まだ後宮内に潜んでいる可能性もあるから、警備は緩くしないで欲しいの」

「ああ。そなたがそれで安心出来るのであればそうしよう。今後もしばらくは衛士（えじ）の警戒は最上級の厳しさにしておく。何が起きても莉珠の安全を守れるようにな。そなたも一人にならぬよう気を付けるのだぞ」

私は頷いた。

予知夢のことは伝えられなかったが、じゅうぶんな成果だ。

予知夢を伝えられて、信じてもらえたとしても、結局同じように警備の強化を頼むくらいしか出来ないのであれば同じこと。もし、刺客に襲われても、死ぬとは限らない。予知夢で見た私は、かなりの出血の様子だったが怪我で済むかもしれないし、周囲に人がいれば、すぐに助けてもらえる。だから大丈夫。

自分にそう言い聞かせた。

それに、予知夢で花器が割れ、金苑が怪我をするのは回避出来なかったが、それだけで絶対に予知夢は回避不可能だと決まったわけではない。

私はあがくのをやめない。

全てを諦めて、投げ出すことだけはしない。

これまでの人生で何度も思ってきたではないか。今回も同じだ。

そう決心したのだった。

第七章

私は薫春殿に戻って思案していた。

予知夢について雨了にも話せなかったということは、もし壁巍がいたとしても同じように話せない可能性が高い。雨了にもこれ以上は頼れない。

ただの勘になってしまうが、やっぱり黄嬪が鍵を握っているような気がするのだ。会ってもらえないのも、体調が悪いというだけでなく、何かあるのではないか。

黄嬪についての情報が知りたい。

そうなると、薫春殿で一番の情報通に聞くしかないだろう。

私は呑気な顔をしている蔡美宣を捕まえた。

「ねえ、ちょっと聞きたいんだけど、黄嬪について変わった話を何か知らないかしら。蔡美宣は噂に詳しいでしょう。些細なことでもいいのよ。馬理でのことでも、なんでも……」

「そうですわねぇ、信憑性の低い噂も混じりますが、よろしいですか」

「もちろん」

「黄嬪の占いはとてもよく当たるという話があります。ほら、陛下の偽物が輪鋒館の前にいたことで、御渡りの噂が立ったことがありましたでしょう。あの後、輪鋒館にたくさんの人が押し寄せていましたが、全員が噂を信じていたわけではなかったのだとか。彼女の占いが当たるとのことで、見てもらいに来た人や、お礼に訪れた人も多かったみたいですわ。そんな神秘的な部分にも人気が出たのではないでしょうか。朱妃も来たばかりの頃、死体を見つけたと噂になったではありませんか。陛下はそういう不思議な力を持つ女性が好みなのかも、と思われて、噂に拍車をかけていたみたいですね」

「占い？」

　彼女が神招きという巫女のようなことをしてきたと本人からも聞いていた。すっかり忘れていたが、そんな話もしていた気がする。

「はい。わたくしの知り合いなのですが、少し前の泥が洗濯物につく件で黄嬪と顔を合わせた際、足に気を付けるように言われたそうです。半信半疑でしたが、その後、段差を見誤って足を挫いてしまい、占いが当たったと噂を広めたのですって。その一件だけでなく、似たようなことが何度もあったのだとか」

私は息を呑んだ。私の見た予知夢と近い気がする。やはり彼女と予知夢は、何か関係がありそうだ。

「そ、その占いで、外れたって人の話はなかった？」

「さあ……そこまでは分かりませんわ。ただある時から、塞ぎ込んでしまって、占い目当ての人には会ってくれなくなったそうです。朱妃が輪鋒館に行って倒れた件の少し前くらいでしょうか」

「黄嬪は馬理で神招きという、巫女のようなことをしていたそうなの。それについて知っていそうな人はいなかった？」

ふむ、と蔡美宣は頬に手を当てた。

「それなら蓉嬪――蓉照が詳しいかもしれませんわ」

「蓉嬪？　どうして彼女が？」

突然出た名前に私は首を捻（ひね）った。

蓉嬪こと蓉照は秋の初め頃、嬪の位を返上し後宮を出ていったのだ。黄嬪はその後に後宮入りしたから、黄嬪とは会っていないはずだが。

「あら、ご存知ありませんでしたか。蓉照の故郷は馬理と隣接している地域にあるんですの。馬理の特産物になっている毛織物は、蓉照の故郷を経由して染められ、国内に流通しているそうですわ。それで昔から家族ぐるみで親交があり、子供の頃から知った仲だと伺いました」

そう言われて蓉嬪の故郷は染料や顔料が特産品だと言っていたのを思い出す。

「馬理の、何とかの園にも遊びに行ったことがあるとか」

「それって、神招きの園？」

「確かそんな名前でしたわ。ですから、黄嬪については後宮での噂話より、蓉照の方が詳しいのではありませんか」

「ねえ、蓉照の今の連絡先って分かる？」

蔡美宣はこっくりと頷く。

「ええ、嫁いでいかれましたが、わたくしはまだ交流がございます。お祝いの品も贈りましたもの。嫁ぎ先は王都からだと五日かかる地域で、そう遠くありませんから」

頼りないと思っていた蔡美宣だが、今は頼もしい。

「さすが蔡美宣ね。手紙を書くから、急いで蓉照に渡せるよう、手配してもらえないかしら」

「かしこまりました。楊益に頼めば四日で持って行ってもらえますわ！」

蔡美宣は得意げに請け負ってくれた。

「うん、よろしく」

私は大急ぎで紙を取り出し、筆を握る。

思っていた通り、予知夢については文字で書くことも出来ず、手が止まってしまう。

なので、黄嬪について、不思議なことでも神招き時代のことでも何でもいいから、知っていることを教えてほしいと手紙にしたためて、楊益に託した。


蓉照に手紙を出してから、僅か七日で返事が届いた。

楊益が頑張って届けてくれたらしい。かつて間諜として諸国を巡っていた経験があると聞いたことがある。その経験を活かしたのだろう。それでも本来片道で四、五日かかるところ、往復七日で届けてくれた楊益は相当な苦労だったようだ。

「ありがとう、楊益」

「いやぁ、さすがに大変でした。もう年なもので……」

楊益は私に蓉照からの手紙を渡すと、体力が限界になったらしく、そのまま寝込んでしまった。

「それで、蓉照からの返事には何が書いてありますの？」

手紙を開いたところで、蔡美宣がぐいぐいと首を突っ込んでくる。

「今読むところよ。ええと……」

手紙には、蓉照は黄嬪である黄夕燕とは旧知の仲であることが記されていた。その上で、黄夕燕が後宮に入るのはありえないことだと、断言する文章だった。

黄嬪は最初の挨拶の際に黄夕燕だと名乗っていたから、人違いではなさそうだ。

先を読み進めた私の目に飛び込んできたのは、病という言葉だった。

黄夕燕は長く神招きをしていた。本来神招きは初潮が来るまでの幼い少女しかなれないものである。しかし、黄夕燕の在任期間は長い。ごく最近まで神招きをしていたのは初潮が来なかったのが理由なのだという。そして初潮が来なかった原因は、痩せているからとか、ただ成熟が遅いとかではなく、病だったからだというのだ。

神招きの体には医者であっても触れてはならない。だから、病状が悪化して、目に見えて痩せこけてしまうまで、神招きを辞めることも出来ずに放置されていたのだという。そんな状態だった彼女が妃嬪になれるとは思えない、と書かれていた。

「……どういうこと？」

「あの黄嬪は偽物ということなのでしょうか」

蔡美宣も横から手紙を覗き込み、首を傾げている。

「でも、そうとは思えないのよ。神招きをしていたって話も詳しかったし、舞のコツも教えてくれたわ」

月見の会で披露した舞も、短かったが素人ではない美しい動きだった。

「ですが、蓉照の言う通りであれば、病で痩せこけてしまった体で後宮に入ることが許されるはずありませんわ。わたくしたち宮女でさえ、健康であることを重視されました。ましてや妃嬪なのですから」

「そうなのよね……」

私がかつて宮女試験を受けた際も痩せていることについて聞かれたのだ。

病的な痩せ方であれば、いくら馬理からの人質としての妃嬪だとしても後宮に入れるとは思えない。

それに、蓉照の手紙にある黄嬪と、現状の黄嬪もかけ離れている気がする。

黄嬪は細身でスラッとしているが、痩せこけているというほどではないように見えた。しかし、一度腕に触れてしまった時、異様なほど細く、おかしいと感じたのだ。顔は普通に見えるのに、着物の下だけ痩せてしまっているのだろうか。絶対にありえない話ではないとはいえ、違和感がある。

青妃も病弱だが、彼女は雨了の従姉妹であり、後宮に入るというよりも、後宮から出さないという経緯からして色々と特別だ。

蓉照もそれを知っているからこそ、病の黄夕燕が後宮に入るのはありえないと書いているのだろうし。

では、どうして。

黄嬪への疑惑が膨れ上がる。

それと同じくらい、彼女のことを信じたい気持ちがあった。

まぶたの裏に、黄嬪のふにゃっとした笑顔が浮かぶ。

彼女と楽しい時間を過ごしたのも、舞のコツを教えてもらったのも、全てが偽りだったとは思えないのだ。

「陛下か、せめて凜勢様にご報告した方がいいのではありませんか？」

蔡美宣の言うことはまったくもって正論である。しかし、それを伝えたなら彼女はどうなってしまうのだろう。

顔色が悪く、立っているだけでフラフラしているのを見た。本当に病なのかもしれない。だとしたら後宮を追い出される可能性もあるし、そんな体調では遠い馬理まで帰れるとも思えなかった。

それに、蓉嬪の手紙にある病名が正しければ、感染する病ではない。

黄嬪がよく飲んでいた薬草茶も多少の効果があるはずだ。独特の匂いから何の薬草が入っているのかは薄々と気付いていた。それでも、薬草茶だけで病状を保てるものではない。最後に会った時、やけに濃い薬草茶を飲んでいたのも、それだけ体が辛かったからなのかもしれない。

「……蔡美宣、もう少しだけ黙っていて。私もどうするべきか考えたいから」

私は振り絞るようにそう言った。蔡美宣も渋々と頷く。

「はあ。朱妃がそうおっしゃるのでしたら構いませんが。ああ、凜勢様にご報告ついでに、またお顔を拝見したかったですわぁ」

「……蔡美宣はいつでも変わらないわねぇ」

「まあ、よく分かりませんが、お褒めに預かり光栄ですわ」

能天気に笑う蔡美宣の姿に、思わず力が抜けてしまった。


新年までとうとう一月を切るようになった。

後宮内も身を切るような冷え込みになり、パラパラとだが雪が降る頻度も増えてきた。そのせいで、晴れる日は少なくなり、どんよりとした雲が常に空を覆っていて気が滅入りそうだ。

薫春殿は特に風通しがいい建物なので、冬はかなり寒い。自室には火鉢が置かれており、懐にろくが入ってくるとポカポカで温かいのだが、廊下などは床の冷たさに震えが走る。

しかもこの寒い中、毎日のように執務殿まで赴(おもむ)き、舞の練習をしなければいけないのだ。

行きはまだいいが、帰りは舞で汗ばんだ体で外を歩くので、汗が冷えて寒くてたまらない。

寒い中を歩きたくないな、と思いながら今日の練習を終えた。

私の練習を見てくれていた凛勢が、顎を引くように軽く頷いた。

「朱妃、舞に関してはもう問題ありませんね。あまり期間がない中、よくぞここまで頑張りました。素晴らしいことです」

「凛勢が素直に褒めてくれると、何か企んでそうで怖いわね」

「おや、たまには褒めないと、人は動かないものだと思っていましたが。それなら朱妃に関しては、これからもずっと厳しくいたしましょうか」

そう混ぜっ返されて私は苦笑する。

「冗談だってば。褒めてもらえて嬉しいわ。じゃあ、練習はこれで終わり？」

「一応は。これから年末進行でさらに忙しくなりますので、私も朱妃の練習を見ることが難しくなりますからね」

納得である。雨了もさっき忙しそうに、足早に通り過ぎていくのが見えた。顔を見られるだけでも嬉しいので、それで言えば執務殿まで来た甲斐があったのだが。

「あとは実際の場所にて何度か予行演習をしていただきます」

「よかった。ぶっつけ本番だなんて、考えただけでゾッとしていたもの」

入宮の儀では、それもあってすごく緊張したのだ。

「舞は、動ける範囲をあらかじめ確認していただかないと、怪我をしてしまう可能性がありますから」

「そうね……怪我は怖いから、何かあったら侍医がすぐに駆けつけられるようにお願いしたいのだけれど」

「構いませんが……何かありましたか？」

妙なところで勘がいい凛勢は、そう尋ねてきた。しかし、予知夢については話せない。

「ええと、最近ちょっと不安感が強いというか。式典が近付いて緊張しているのよ。ほら、私ってば入宮の儀で転んで頭を打ったでしょう。また同じようになったら怖いから」

凛勢は顎に手を当てる。

「分かりました。予行演習時にもそのように手配しましょう」

そして次の日から予行演習をすることになった。

「場所は龍圭殿だったわよね」

そろそろ支度をしようか、というところで魯順が慌ててやってきた。

「朱妃、大変です。予行演習の時刻が早まってしまったと連絡があって」

「え？　そうなの？」

魯順の横には、たまに見かける若い宦官がいて、私に向かってペコッと頭を下げた。彼が連絡にやってきたらしい。魯順と同じく最近入った宦官だそうだ。

「はい。凛勢様からのお言伝です。陛下が急遽本日の予行演習に参加なさるそうなのです。慌ただしくなってしまって、大変申し訳ないのですが、すぐにお支度をお願いします」

若い宦官は平身低頭でそう言った。

「あ、もしかして凛勢が気を利かせてくれたのかも」

私が不安そうにしていたから、雨了が立ち会えるようにしてくれたのかもしれない。忙しい雨了が何とか参加するために、練習の時刻も早まったのであれば納得だ。

しかし、困ったことに予定が早まったことで付き添いの金苑が捕まらず、恩永玉も仕事中で手が離せない様子だ。

「仕方ないわね……付き添いは蔡美宣でいいわ」

なにせ、手が空いているのが蔡美宣しかいなかったのだ。

蔡美宣は美男子の顔が拝めると興奮している。

薫春殿の外に出ると、暗雲が立ち込めており、昼間だというのにやけに暗かった。吹き抜ける風は冷たく、湿気を孕んでいる。

「今にも降りそうな空ね」

「ええ、そろそろ積もる雪が降る頃ですものね。あ、ほら、もう降ってきましたわ。寒くて嫌になります」

「うん……」

蔡美宣の言う通り、ちょうど雪が降り始めた。今までの細かい雪片を撒いたのとは違い、雲がそのまま千切れて落ちてくるような粒の大きな雪が降ってくる。このまま積もりそうだと予感させた。

大門を出て、予行演習を行う龍圭殿に向かう。龍圭殿は大きな建物で、中央の大広間がある建物の四隅に小宮殿が付属した形になっている。出入り口も各建物にいくつかある。

後宮に一番近い小宮殿の出入り口から入ってすぐ、蔡美宣が警備をしている衛士(えじ)に止められた。

「恐れ入ります。付き添いの方はここまでとなります」

「え？　どういうことですの？」

「龍圭殿に陛下がいらしているので、警備上の理由と伺っています。陛下のおそばによくいる綺麗な顔の宦官から、そう言伝がありまして。この脇に待機用の部屋がございますので、終わるまでそちらで待機をお願いします」

「凛勢かしら。仕方ないわね、私だけで行くわ。魯順はもう大広間で待機しているだろうし。蔡美宣はそこの部屋で待っていて」

　雨了が来ているのなら、凛勢や秋維成もいるかもしれない。そうすると蔡美宣がうるさくなりそうで連れていきたくなかったのだ。

「ああん、朱妃！　後生ですから連れて行ってくださいませえ！　わたくしの目の保養がー！」

　既にうるさい。

　ぎゃあぎゃあと喚く蔡美宣は絶対に連れていけない。

　私は耳を塞いでまっすぐ進み、龍圭殿に入った。

　外の雪には不安感が掻き立てられるけれど、龍圭殿の中には衛士の姿があちこちに見える。頼んだ通り、警備がしっかりしている。これなら安心だ。

「本番の待機場所はこの辺りだった気がするけど……」

凛勢から龍圭殿の構造についても聞いている。

キョロキョロ見回しながら奥に進み、建物同士を繋ぐ回廊に出た。

「そうそう、あとはここを真っ直ぐ行けば大広間に出るのよね」

入宮の儀式の時にも通ったので問題ない。小扉を開け、迷うことなく大広間に出る。

「あれ……?」

しかし、大広間はガランとしていて、やけに静かだった。

誰もいない。

先に来ているはずの魯順の姿さえない。

龍圭殿は儀式に使われる建物で、普段は使われていない。朱に塗られた太い柱に細かな金の模様が施され、非常に豪奢な宮殿なのだが、その豪奢さは人気がないと逆に薄気味悪く感じる。

龍圭殿の名前に相応しい巨大な龍の香炉にも今は火が入っていないようだ。

しかし最低限ながら明かりは灯されており、室内も暖められているので、ついさっきまでは人がいたのだろう。

私が場所を間違えたというわけでもなさそうだ。

「みんなどこに行っちゃったのかしら……」

キョロキョロと辺りを見回しながら歩き、足元がおろそかになっていたせいだろう。

ズルッと足を滑らせた。慌てて両手をばたつかせ、体勢を持ち直す。危ないところだった。

そうだった。かつて私の入宮の儀でも、この飴みたいに艶々に磨かれた床で足を滑らせたのだったと思い出す。

――艶々の床？

不意に思い出し、心臓がドクンと音を立てた。

こんな艶々の床をどこかで見た。

背中を冷たい汗が伝う。

――そうだ、最初に見た予知夢だわ。

そう、確かこんな風に、艶々に磨かれた床だと感じたのだ。

そして、ゆっくり顔を上げた私の目に入って来たのは、開け放たれたままの大扉だった。

離れたここからでも雪が降っているのが見える。そろそろ、地面の色が変わるくらい積もっているのかもしれない。

ごくり、と唾を飲み込む。

ここまで予知夢の通り。

夢で見たあの場所は、この龍圭殿だったのだ。

「ど、どうしよう」

さっきの衛士(えじ)がいる場所まで戻った方がいいのではないか。大扉の方には向かうべきでない気がした。おそらく、あの夢と同じになってしまう。

急いで身を翻(ひるがえ)そうとした私の耳に、カタンと微かな音が聞こえた。

誰もいないと思っていたのに、太い柱に隠れるように潜む人影を見つけてギクリと硬直した。

しかし、その人物が誰かを知り、私はホッと息を吐く。

「雨了、そんなところにいたのね」

長い黒髪、ほの光る青い瞳、美麗な顔。見慣れた雨了の姿がそこにあった。

雨了は私の顔を見て、フッと目を細め、微笑みかけている。

「こんなに広いのに、誰もいないから変な気分になっちゃった」

雨了がいるからもう心配ない。大丈夫だ。

私はそう思って雨了に駆け寄ろうとした。

「……あれ」

私は違和感に気付き、はた、と足を止める。

雨了が私の名前を呼ばなかった。

いつもなら私の顔を見た途端、青い瞳を煌めかせながら、大きな声で莉珠と呼んでくれるはずなのに。

雨了がにこやかに微笑みながら、こちらに歩み寄ってくるのが見えた。

コツリ、コツリ、と足音がする。

その姿はどこか奇妙だ。

私は雨了を見つめて眉を顰めた。

何かがおかしい。

一体、何が？

雨了の艶やかな長い黒髪は、歩くたびにサラサラと揺れている。いつもの雨了だ。

しかし私はそれを見て、ハッと息を呑んだ。

——影が違う！

ずっと感じていた違和感の正体。

雨了の長い髪が歩くたびに翻(ひるがえ)っており、本来ならその影にも長い髪の形状が見えるはずではないだろうか。しかし、龍圭殿のわずかな灯火に照らされて伸びる影は、長い髪の影とは違う。宦官(かんがん)の帽子のようなものを被っている影に見えた。

——じゃあ、この雨了は偽物？

恩永玉の偽物が私に迫って走ってきた、あの時と同じだ。

ゾワッと全身の毛が逆立った。

心臓は冷たい手で掴まれたかのように冷たい。

私の逡巡に気付かれたのか、雨了の偽物は笑みを引っ込める。その手に何か棒状のものを握っている。いや、刃物を持っているのだ。

——逃げなければ！

私は来た道を引き返そうとした。

あそこまで戻れたら、蔡美宣も衛士もいる。以前と同じ刺客であれば、他に人がいれば逃げていくはずだ。

しかし、タッと走り出した雨了の偽物は、真っ先に私が来た方向を塞ぐように回り込む。

「……くっ！」

私は身を翻す。

雨了の偽物から逃げるために、別の方向に駆け出す必要があった。

走る速度はあっちの方がずっと早いのだ。

追いつかれるわけにはいかない。

行く手を阻まれ、他の出入り口の鍵が開いているか分からない以上、私は開いている大扉に向かって走るしかなかった。

もしかすると、わざと追い込まれたのかもしれない。予知夢でも大扉を出たところの広場に倒れていた。

刺客があの辺りを人払いしていたなら。

ゾッと鳥肌が立つ。

でも他に逃げ道がない以上、少しでも人がいる可能性がある場所に逃げるしかない。龍圭殿の嫌というくらい磨かれた床は、気を抜いたら滑って転んでしまいそうだった。

しかし、今だけは絶対に転ぶわけにはいかない。それは私の死を意味する。予知夢の通りになってしまう。それだけは避けなければ。

私は本気で走って逃げていたが、それでも雨了の偽物――刺客の方が足が早い。だんだんと距離が縮まっていく。すぐに捕まらなかったのは、この滑りやすい床を刺客も警戒しているからだったのだろう。

なんとか龍圭殿の大扉から飛び出した私は、目の前に階段があるのを見て絶望した。ただの階段ではない。

龍圭殿正面に位置する巨大な階段は、一段が通常の階段の数倍の高さがあり、幅も広い。私のようなひらひらした着物ではつんのめってしまうだろう。一段ずつゆっくり降りる暇はない。かといって、上から下まで一気に飛び降りられるほど低くはないのだ。

「誰か！　助けて！」

ようやく大きな声が出せたが、広場には人気がない。普段ならいるはずの衛士がこんな時だけ全員出払っているなんて、どうしてなのだろうか。

刺客はすぐ後ろにいる。

あと数歩で追いつかれてしまう。

と、その時、横合いから誰かが私の腕を掴んだ。

「んっ……!」

同時に口も塞がれた。触れられただけで分かるほど骨ばった細い指をしている手のひらが私の口を塞いでいる。

そのまま、ぐるんと視界が回る。その華麗な回転には覚えがあった。彼女のおかげで私も綺麗に回れるようになったのだから。

口を塞がれたまま、外側に開いた大扉の陰に押し込まれた。

目の前に、私がいた。

寸分違わず同じ顔をして、私から手を離す。

「そのまま声を出さないで」

そう囁いたのは、私の知っている声。ハアハアと荒い息。

ふにゃっと目尻を下げて微笑んだ後、私と同じ顔をした彼女は、タッと走って扉の陰から出ていった。

「チッ、手間取らせやがって。逃げても無駄だ！」

刺客が追い付いたのだ。その声は、やはり恩永玉の偽物が発していた声と同じだった。

扉の陰にいる私には音しか聞こえない。けれど、ドッと何かを斬り付けたような物音がして、ゴトッ、ゴトッと重いものが階段を転がり落ちていくのが聞こえた。

「黄嬪！」

私はそう叫び、咄嗟に大扉の陰から飛び出していた。

大階段の下、薄ら雪に覆われた広場に、真っ赤な血を流して――私が仰向けに倒れている。

胸からお腹にかけて着物が裂けており、深い傷を負っているようだ。着物は真っ赤に染まっていた。

すぐそばには刃物が転がっていて、倒れた私と刃物を血の跡が繋いでいる。刃物にべったりと付着した血液からも、かなり深く刺されたのだと伺えた。

羽のような大粒の雪が、倒れている私――いや、私に変化した黄嬪に舞い降りては儚く消えていく。

黄嬪は私の身代わりになったのだ。

「嘘……黄嬪……私の代わりに……」

血の気が引き、グラグラと足元が揺れる気がした。

「な、何っ？　同じ顔が二人？　クソ、あっちは影武者かっ！」

そんな声に弾かれたように振り返る。刺客はまだ立ち去っていなかったのだ。

「お前が本物の愛妃だな！」

雨了の姿をしていても、雨了なら絶対にしないような顔の歪め方をして私を見下ろした。

「……お前を殺せば仕事は終わるんだ。悪く思うなよ」

私は唇を噛んだ。黄嬪を気にして、つい飛び出してしまったが失敗だった。まだ早かったのだ。

刺客の手にはもう刃物はない。所持していたのは黄嬪のそばに転がるあれ一本だけだったのだろう。

刺客はどこからか紐を取り出し、今度は私を捕まえようと手を伸ばした。

「ひっ……！」

今度こそ殺される。もう逃げ場はない。

紐で首を絞められるのだ。黄嬪が身代わりになって助けてくれたのに。

そう思った次の瞬間、雨了の声が聞こえた。

「莉珠、目を閉じて蹲め！」

私は声に従い、その場で頭を抱えて蹲み込んだ。いや、ほとんど腰が抜けてへたり込んだような状態だった。

ドンッと激しい音がして、何かが頭上を飛び越えていった気がした。次いで、地面に落ちるドサッという音。

私、助かったの？

体から力が抜けて、目を開けられない。

「――莉珠！」

大きな声で、私の名前を呼ぶ雨了の声。今度こそ本物だ。

それに励まされ、おそるおそる目を開くと、目の前には雨了がいた。

ほの光る青い瞳も、雨了特有の爽やかな香りも本物に間違いない。

「う、雨了……」

私の口から出たのは弱々しい泣き声だけだった。

「莉珠、無事か？　怪我は」

そのまま雨了に抱え上げられ、ぎゅっと抱きしめられた。抱っこをされているみたいに足が付かない。

「わ、私より、黄嬪が……！」

刺客に斬られ、大怪我を負っていたのだ。もしかしたら、すでに——そう思った私の耳に、声が聞こえた。凛勢や宦官の声だ。

「まだ息があります」

「医師を連れてきました！」

バタバタと入り乱れる複数の足音も聞こえる。

「莉珠、よく見るといい」

「……え？」

雨了に抱き上げられたまま、広間を見下ろす。

私の姿のまま倒れた黄嬪と、そこから少し離れた場所に伏している帽子を被った宦官の姿がある。こちらは雨了に倒された刺客の男だろう。どちらも血を流している。

しかし私の姿の黄嬪の体から流れる血の色は鮮やかだった。いや、鮮やかすぎる。

「血……じゃない」

「ああ」

刺客から流れているのは本物の血だが、黄嬪の着物を濡らす血は偽物だ。

雨了は私を抱いたまま大階段を降りる。

間近で見ると、赤いサラサラした液体は血とまったく違う。

「これ、顔料……？」

「つまり血糊だな。実際に怪我もしている様子だが、硬い板と、血糊の入った皮袋を着物の下に仕込んでいたようだ」

「気を失っているようですが、息はあります」

到着したばかりの医師が脈を取りながらそう言う。

「あ、あの宦官は……」

倒れ伏した宦官の服装の男はぴくりとも動かない。首が嫌な角度に曲がっていた。

雨了は黙って首を横に振る。

もう息絶えているということのようだ。

「莉珠が襲われているのを見て、加減出来なかった」

「あの刺客、雨了に変化していたの」

「ああ。俺も自分と瓜二つの顔が目の前にいて驚いた。おそらく、莉珠を油断させるためと、衛士に見つかっても攻撃を躊躇わせるために俺の姿になったのだろう。斬り捨てた途端、宦官の姿になったのだ。変化の術か何かだったのか……口を割らせることが出来なくなってしまったが、仕方あるまい」

衛士たちと秋維成が宦官の死体を検めている。チラッと見えた宦官の顔はまったく見たことがない男だった。

「陛下、このようなものが見つかりました」

秋維成は、紐が血に濡れた首飾りらしきものを布に乗せて、雨了に見せた。

血を拭うと、薄紫色の石が露わになる。真っ二つに割れているが、どうやら元は勾玉の形をしていたようだ。

「……これ……」

「莉珠、見覚えがあるのか？」

「うん。前に黄嬪が同じものを持っていたのを見たわ」

私がそう言うと、ちょうど医師が私の姿で倒れる黄嬪から、胸元に仕込まれていた板と皮袋を外すところだった。

「あ……！」

板を外すと、彼女の胸元からコロンと首飾りが転がる。刺客が持っていたのと同じ、薄紫色の勾玉の首飾りだ。

私は雨了に地面に降ろしてもらい、黄嬪に駆け寄った。

「黄嬪！」

私が彼女の元に蹲み込むと同時に、勾玉にピシッと亀裂が入るのが見えた。板で防御していても、斬られた傷は体にまで達していたのだ。勾玉にもヒビが入っていたのだろう。

パリン、と儚い音を立てて薄紫色の勾玉が割れた。

途端、黄嬪は私の姿から元の姿に変わる。

しかしその姿は、ひどく痩せこけていた。これまで見ていた彼女であるとギリギリ分かる程度。頬もげっそりと痩けている。

「……どうして」

私は彼女の骨ばった手を取る。

さっき私の口を塞いだ手だ。骨に皮を貼り付けたかのようで、痛々しいほどに細い。

いや、少し考えれば分かることだった。

刺客は黄嬪と同じ勾玉を持っていた。おそらく、今割れたあの勾玉で、他人の姿に変化していたのだ。

しかし、黄嬪はそれ以外の用途にも、ずっと使っていたのだろう。

「黄嬪は、病で痩せた体を隠すために、健康に見えた時の自分の体に変化していたのね」

握った黄嬪の手がピクリと動き、私の手を握った。全然力が入らない様子だ。

わずかにまぶたが持ち上がり、夕陽のような色が薄く覗いたが、すぐに閉ざしてしまった。

「こんな体なのに、私の身代わりになってくれて……」

鼻がツンとなる。涙が滲み（にじ）みそうになるのを、瞬きして抑え込んだ。

蓉照が、黄嬪は後宮に入れるような体ではないと言っていたのも納得だ。馬理からの人質としての後宮入りだとしても、こんな体では医師から止められてしまう。

これまで濃い薬草茶を飲んで、なんとか耐えていたのだろう。たびたび息を荒くしていたのも、それだけ体力がなくなっていたからだったのだ。

「こ、これはかなり悪い。怪我もございますし、一刻も早く治療をしなければなりませんが……」

医師は言葉を濁す。

病み衰えた黄嬪をどこに運ぶべきなのか逡巡しているのだろう。

私は振り返り、雨了を見上げる。

雨了は私に向かって軽く頷いた。それから医師に指示を出す。

「急ぎ、輪鋒館へ運ばせよ。全力を尽くして治療に当たるのだ。薬の使用も全て許可する。本来後宮に持ち込み出来ぬ薬も使うとよい」

「雨了、ありがとう！」

「いや、礼には及ばない。詳しいことは分からぬが、黄嬪は莉珠の身代わりになってくれたのだろう。であれば、俺に出来ることで返すだけだ」

雨了は優しい手付きで私の髪を撫でた。

「……本当に、そなたが無事でよかった」

私は頷く。

予知夢は全てその通りになった。

しかし私は生きていて、怪我一つない。

全部、黄嬪のおかげだった。

「莉珠も疲れただろう。薫春殿に戻るとするか」

そう言って私は再び抱き上げられた。

「ひ、一人で歩けるってば」

「そなたを離したくないのだ。俺の我儘だと思って諦めてくれ」

いまさらながら人目が気になる。多数の衛士（えじ）や宦官（かんがん）に子供みたいに抱っこされているのが見られてしまっているのだから。

恥ずかしさに頬が熱くなる。

「朱妃ー！　ご無事で何よりですわー！」

離れた場所に蔡美宣と魯順が待っている。彼らも無事だった様子だ。

刺客は凛勢に変化し、凛勢の顔は知っていても声を知らない衛士（えじ）に陛下の命令だと言って警備を緩ませたのだそうだ。

「莉珠、あの宮女に感謝するといい。刺客は策略を用いて宮女や宦官とそなたを引き離したが、あの宮女が大騒ぎしてな。困った衛士がもう一度凛勢に確認を取ったことで、異常が発覚したのだ。おかげで俺も駆け付けるのが間に合った」

「そ、そうだったんだ」

雨了は頷く。

「そなたが諦めずに逃げ回ったのと、黄嬪が身代わりになって時間を稼いでくれたから間に合ったというのもあるのだが、あの宮女が騒がなければ手遅れだったかもしれん」

蔡美宣は雨了に褒められ、得意満面な顔をしている。

「あの宮女にも、何か褒美を与えねばな」

「蔡美宣なら、凛勢の絵姿をあげたら大喜びすると思うわ」

「そ、そんなものでいいのか」

雨了は訝しんだ顔で首を傾げている。

しかし蔡美宣が緩み切った顔で凛勢を眺めているのを見て、納得したようだ。

凛勢には申し訳ないが、蔡美宣が喜びそうなものといえば、美男子の絵姿だろう。

おそらく、蔡美宣は私と引き離された後、雨了や凛勢、秋維成の姿をどうしても見たいがために大騒ぎしたのだろうが、まさかそんな彼女に救われるとは。

他にも、龍圭殿には衛士を多数配置し、警備を万全にしていたが、刺客はあちこちに煙が出るものを仕込み、同時に複数の場所で騒ぎを起こして、衛士を遠ざけていたという話を聞いた。

そんな策略をしてくる相手に狙われて、よく無事でいられたと改めて思う。

ホッとしたせいか、急に体の力が抜けてしまった。雨了に抱き上げられていなければ、歩けなくなってしまったかもしれない。

「――雨了、助けてくれてありがとう」

「ああ」

私は雨了の胸元に、コツンと頭を当てた。

第八章

薫春殿に戻った私は、雨了にこれまでのことを全て話した。

予知夢が成就したからなのか、不思議なことに今度は夢の内容を話すことが出来たのだ。

「なるほど、予知夢か。だからこのところ、莉珠の様子がおかしかったのだな」

私は頷く。

「変えようとしてみたけれど、一度見てしまったら、結果は変えられないみたい。黄嬪もあの予知夢を見ていたのかもしれない。だからなのかしら……黄嬪は私の姿で刺客にわざと予知夢と同じように斬られたのね。そうやって、私を助けてくれたの」

「そうか」

私が擦り傷一つなく済んだのは黄嬪のおかげだった。

刺客は死んだが、衛士(えじ)たちの調べで色々なことが明らかになった。

刺客の死体を確認したところ、右肩に三本線の傷跡があったのだ。おそらく、以前恩永玉の偽物に襲われた時、ろくが刺客に付けた傷跡だろう。

同時に、後宮から一人の宦官が行方不明になっていた。ちょうど刺客と同じ体格の若い宦官で、以前魯順と一緒にいるのを見たことがある。

だが、あの刺客とは顔が違うのだ。

「あの者は新人とはいえ、身元が特にしっかりしている。長く俺に仕えている信用のおける官吏の親族のはずだが……」

私はそれについて思い当たることがあった。

「刺客があの勾玉で変化をしていたのだと思うけど、変えられるのは姿だけで、声は変わらなかったでしょう。でもそれだけじゃなく、影も変えられないの」

私は雨了の偽物の影が違うのを見たのだ。

それを話すと、雨了は眉を寄せた。

「つまり、刺客もそれを知っており、影が違うことにも違和感が少なくなるよう、あらかじめ同じ体格の者に目をつけ、入れ替わっていたということか」

私は頷く。

想像だが、身元がしっかりしていて、かつ体格が近い者が宦官として入ってくる際に、刺客に殺されて入れ替わられたのだろう。

新人宦官として後宮内に留まっていれば知り合いと顔を合わせる可能性が低くなり、声が本人と違うことにも気付かれにくい。

ろくに付けられた傷も、変化することで見えなくなるなら、隠す必要すらない。宦官のふりをして普通に働き、私を殺そうとずっと隙を狙われていたのだ。

私が助かったのは、本当に運がよかっただけなのだろう。

気絶していた黄嬪は輪鋒館に運ばれた後、何度か目を覚ましたが、意識は朦朧としているままだと聞いていた。

医師が手を尽くして治療にあたったが、病状はかなり悪いそうだ。刺客に斬られた傷も、胸元に板で保護していたのに体にまで達していた。傷自体は深くはないそうだが、あの痩せ細るほど衰えた体で血を流したのだ。

そのまま目を覚まさない可能性もあると言われていた。

数日後、治療の甲斐があったのか、なんとか意識を取り戻したと連絡があった。

薫春殿にやってきた凛勢は淡々としつつも僅かに眉を顰めている。

「……もうこれ以上の回復を待てる状況ではないそうです。それでも彼女には聞かなければならないことがたくさんあります。これから尋問となりますが、朱妃はどうなさいますか。立ち会いを希望されるのでしたら……」

「もちろん行くわ」

言外に辛い話になるとわかっていても私は頷いた。

私は凛勢に伴われて、輪鋒館へ向かった。

客間ではなく、黄嬪の部屋に通される。

寝台がある上、雨了と秋維成も来ており、医師と宦官もたくさんいて部屋が狭く感じるほどだった。

「黄嬪が目を覚ましたって聞いたけれど……」

寝台に痩せ衰えた黄嬪が寝かされていた。あの夕陽色の瞳が見えている。本当に意識を取り戻したのだ。だが自力ではもう起き上がれないのだろう。

潘恵は目の縁を赤くして、黄嬪のそばに寄り添っている。何度も目を拭っているので目の下はカサつき、粉を吹いているくらいだ。その様子からも、もう本当に回復の見込みはないのだと窺えた。

　黄嬪は潘恵に上体を起こしてもらい、背中に背もたれを当ててなんとか身を起こした。かさついた唇を震わせている。声が出ないようで、潘恵の手により口元に当てがわれた吸飲みで喉を潤わせてから口を開いた。

「朱妃……」

　かすれた声で黄嬪は私を呼んだ。

　黄嬪は痩けた頬を動かして、目尻を垂れさせた。微笑んでいるのだ。

「ご無事で、本当によかった、です……」

「ええ……黄嬪が私の身代わりになって助けてくれたおかげよ」

「こんな外見で、驚かれたでしょう。わたしはもう、長くありません。自分でも分かります」

「そんな……」

　自分のことなのに、淡々とそう言った黄嬪に、私は小さく呟くことしか出来なかった。

「申し訳ありません。手を尽くしましたが……もう、強い薬で痛みや苦しみを抑えることしか」

黄嬪の治療にあたっていた医師が辛そうに目を伏せた。

「いや、じゅうぶんよくやってくれた」

雨了は医師にそう言い、黄嬪の方に向き直る。

「黄嬪、朱妃を守ってくれたこと、大義であった。此度の件について説明出来るか？」

黄嬪は静かに頷く。

「……はい。わ、わたしは、馬理で神招きをしており、予知の能力を持っておりました。しかしながら、この力は制御出来るものではなく、見てしまったら、過程はどうあれ、結果は変わることがありません……。少し前、わたしは朱妃がひどい怪我をされる場面を予知にて見てしまい、なんとか助けようとした次第です。朱妃の御身を守るためとはいえ……後宮の決まりをいくつも破りました……。そ、その件に関しては、わたしの独断であり、責任は全てわたしにございます」

黄嬪は時折はあはあと苦しそうにしながらも、なんとか説明をしてくれた。

「後宮の決まりを破った件については我が愛妃を守ったことで不問とする。そなただけでなく、輪鋒館全ての者に関してもだ」

「あ……ありがたきお言葉……か、感謝の念に絶えません」

黄嬪はふらつきながらも、精一杯の礼をとる。しかしすぐに虚脱したように、腕がガクリと落ちた。もうそれだけの体力もないのだ。

凜勢は雨了に何事かを尋ね、承諾を得たらしい。雨了の代わりに口早に質問を始めた。

「陛下に代わり、私が質問をいたします。記録も取っていますので、正直に答えるように。その代わり、礼をとる必要はありません。格式より情報を求めます。まず、あの刺客について、心当たりはありますか」

「か、顔は知りません。ですが、馬理の前の族長が、刺客を雇ったのではないかと思います。現族長は我が兄の黄屯（おうとん）ですが……ぜ、前族長は春頃に悪しき企みをしたとして、族長の地位を追われています。馬理の男は地位を追われること自体が、死よりも屈辱に感じると聞きます。逆恨みをして、陛下の大切な存在を狙ったのではないかと……しかし、確証はございません。……全て、わたしの想像です」

「なるほど。では次に、どうやって姿を変えたのですか」

「紫の勾玉の首飾りを身に付けることで、他人の姿に変化出来るのです。……わ、わたしが所持していた勾玉は、神招きへの供物の一つとして、供物置き場にあったものです。いつからあるのか、誰から贈られたものかも存じ上げません。ただ……見た瞬間に、あれがよくないものだと感じました……」

「よくないと思ったのに使ったと？」

「はい。……わたしはその頃にはもう病で神招きを辞めることが決まっていました。むしろ、わたしが排除しなければ、後続の神招きが不用意に触れるかもしれず、危険ではないかと思ったのです……。使い方は触れた瞬間に分かりました。妖の力が込められている気がしますが、詳しくは分かりかねます。あ、あの勾玉は、今どこに……？」

「あれは割れた後しばらくして、蒸発するように消えてしまいました。貴方が所持していた方だけではなく、刺客が持っていた勾玉もです。刺客が勾玉を入手した経路に心当たりは？」

「……いえ、わたしには分かりません」

黄嬪はゆっくり首を振る。

彼女はこれまで誤魔化すのが下手で、あからさまに目が泳いでいたが、今はその様子がない。おそらく全て本当のことを話してくれているのだろう。

「それから、黄嬪。貴方は何故後宮に来たのですか？　朱妃の身に危険が迫ることをその頃から知っていたからですか?」

「……い、いいえ。後宮に来た理由は……どうせ死ぬからには、華々しい最期を求めていたからです。女として生まれたのですから、陛下の妃嬪として、後宮で何不自由なく暮らしたいと、そう思うのは当然でしょう。後宮に入るため、あの勾玉で健康に見える時期の自分の体に変化させていました。族長である兄にも、病が治ったと嘘を言ったのです。このような病の身で後宮に入ったことは、言い訳のしようもありませんん……」


それは嘘だ。

いつか凛勢が言っていたように、黄嬪の目線は右上を向いていた。

凛勢もそれに気付いただろうが、それ以上問いただすことはしなかった。

「分かりました。陛下より、朱妃を助けた褒賞が出ますが、望みはありますか」

その言葉に、黄嬪は夕陽色の瞳を瞬かせた。

「……ええと、輪鋒館の者にはなんの咎めもありませんよね……? わ、わたしが死んだ後、彼らが苦労しないよう、計らっていただけませんか……?」

凛勢は頷く。

「輪鋒館の宦官(かんがん)、及び宮女(きゅうじょ)には一人一人希望を聞き、出来る限りの対応をするとお約束しましょう」

「よかった……。我が兄黄屯、及び黄一族にも、咎めがいかないよう、お願い出来れば……」

凛勢はそれにも頷いた。

「あとは……難しいかもしれませんが、最後に少しだけ朱妃とお話しをさせてもらえませんか。個人的な話しなので……出来れば記録も取らないでいただけたら、と……」

それを聞き、凛勢は私の方を見た。

「朱妃、どうなさいますか」

そんなの決まってる。

私は唇を引き結んだまま頷いた。

私も黄嬪と話したい。

そう言葉にしなかったのは、滲(にじ)んだ涙が口を開いた拍子に零れ落ちてしまいそうだったからだ。

「うむ。では、ゆっくり語らうといい。凛勢、戻るぞ」

雨了はそう言って、私の肩を励ますように軽く叩いた。

「陛下がそうおっしゃるのでしたら」

そうは言うけれど、凛勢は黄嬪の体のため、質問を最小限に、かつ早めに終わらせてくれたのだろう。多分、私に話す時間をくれたのだ。

凛勢も宦官(かんがん)や衛士(えじ)を引き連れて出て行ってしまった。医師ですら、廊下で待機するとのことで、室内には私と黄嬪、そして身を起こす手伝いをしている潘恵だけになった。

「よ、ようやくお話し出来ますね、朱妃。あっさり許可されたのは、わたしがもう回復の見込みがないからでしょう……」

黄嬪は瘦けた頰に微笑みを浮かべる。

どうして笑えるのだろう。

そんなぼろぼろの体で私を庇って、板を胸元に仕込んでいても浅からぬ傷を受けたのだと聞いていた。どれだけ辛いことだろう。私には想像しかできない。

「黄嬪……私……貴方のおかげで」

言いかけた私の目から涙が零れる。

「わ、泣かないでください。……わたしは、自分がしたいようにしただけですから」

骨ばった手で、そっと肩に触れられる。

私は慌てて目元を拭った。

「ひどい体でしょう。こんなに痩せこけてしまって……でも、わたし、どうしても後宮に来たかったんです」

「どうして？」

私がそう尋ねると、黄嬪はバツの悪そうな表情を見せる。

「や、やっぱり、さっきのは嘘だって分かっちゃいました？　わたし嘘が下手で……なのに、よく後宮に来られたものです。……わたしが後宮に来たかった、本当の理由は、貴方なんですよ……朱妃」

「私……？」

「ええ。朱妃の噂は馬理まで流れてくるんです。突然現れた陛下の愛妃だとか、勝利を運ぶ女神の化身で、不思議な力を持つとか。龍の守護神っていうのもありましたね。……それから、妖が見える力があるとか」

「う、嘘っ！　馬理までそんな噂が？」

私がわたわたとしているのを見て、黄嬪は痩せた顔にイタズラっぽい笑みを浮かべた。

「ふふ、少し前まで後宮にいた蓉照とは手紙のやり取りをしていましたから……。あの子、結構筆まめなんですよ。お互い、簡単に外に出られない環境だから、近況の手紙が娯楽で……それで朱妃の話を聞いたわたしは、どうしても朱妃に会ってみたくなったんです。わたしと同じ、妖を見える目を持つ、貴方に」

「私に？　でも、私は何も貴方にしてあげられることもなくて……」

「して欲しいからではないんです。……わたしは、自分の最期の望みを叶えるために、苦手な嘘をたくさん積み重ねて……ここまでやってきました」

黄嬪の夕陽の色をした瞳がじっと私を見つめた。

「わたしは子供の頃から予知夢を見ていました。……それも人が怪我をするとか、時には死ぬような夢です。……助けたくて、夢を変えようとしても無駄でした。部屋の隅にはいつも薄気味悪いモノがいて、それを家族に伝えると気味悪がられ、疎まれました。……世界は怖いものや、理不尽なことだらけで……そのうちに、わたしに見えていた薄気味悪いモノが妖というのだと知りました……」

黄嬪はふと目を伏せ、夕陽色の瞳に翳りが生じる。

「神招きになって……家族とも会えなくなり、体調が悪くても医者にはろくに診てもらえず……妖が見えるせいで不幸になったのだと思っていました。だから、同じように妖が見える貴方は、この世界を……どう感じているのか、知りたかった……。妖を、自分の目を、疎んでいるのか、それとも恐れているのか……わたしみたいに辛い思いをしていないのか、話をしてみたかった。だから、わたしは後宮に来たんです。自分の望みを叶えるために。……ね、わがままでしょう。もしかしたら、ただ、傷の舐め合いがしたかったのかも……可哀想ねって、一緒ねって、言って欲しかった……」

自嘲するかのように、痩せた頬をひくつかせた。

「……でも、朱妃は違いました。妖の猫を飼い、幽霊の宮女を側に置いて……それが朱妃にとっての普通なんだって、すぐ分かりました。楽しそうで、いいなあって、そう思ったんです……」

「それなのに、どうして私のことを助けてくれたの？」

予知夢を見た以上、木の板と血糊を使っても、ただでは済まないと分かっていたはずだ。

こんな体では、龍圭殿まで移動するだけで大変だっただろうに。

「そんなの……決まってます。貴方が、好きだから、です。妬むとか、羨ましいとか……そんな気持ちもないわけじゃなかったけど……朱妃に会ったら、すぐに好きになっちゃいました。……まっすぐで、一生懸命で、妖のことも当たり前みたいに受け入れている。そんな貴方だから、助けたかった。それだけ……」

黄嬪はハッとしたように目を見開く。

「わ、わたしばかり話しちゃってごめんなさい。あの、もしよかったら、朱妃の話も、聞かせてください。子供の頃のこととか……どうして後宮に来たのか、とか——」

少しずつ、黄嬪の息は苦しそうになり、ぜいぜいとしている。言葉も途切れ途切れだった。

目覚めたばかりでたくさん話したせいだったのかもしれない。

私は彼女に色んなことを話して聞かせた。朱家にいた頃のこと、ある日、通りに立てられた宮女募集の掲示を見たこと、後宮に来てからの大騒動や、夏に蛇の妖を退治した話も。

何故私が予知夢を見るようになったのかも尋ねたが、黄嬪にも分からないようだった。

私は星見の里の血を引いている。黄嬪の神招きと立場は違うにしろお互い巫女のようなものだ。能力が感応したのかもしれない、と言っていた。

黄嬪は私の話に夕陽色の瞳を輝かせて聞いていたが、少しずつ意識が朦朧とし始めた。

「……黄嬪?」

ゆっくりとまぶたが落ちていく。まるで、夜の帳が下り、夕陽が沈んでしまう黄昏時のように。

「お、黄嬪……しっかりして——夕燕様ぁ!」

潘恵の悲痛な声が部屋に響いた。

その声に後押しされたのか、黄嬪は目を閉じたまま、か細い声を出した。

「恵……ありがとう。ずっと、わたしの側に、いてくれて……」

二人は黄嬪と潘恵ではなく、夕燕と恵として、おそらくかつてのように呼び合っている。

彼女のごく小さなかすれた声は、これが最後になるのだと告げているかのようだった。

「朱妃、わ、わたしの名前、呼んでくれませんか……？」

「うん、夕燕。私の名前も呼んで。莉珠というの」

「莉珠……ありがとう……」

彼女はふう、と息を吐き、最後の力を振り絞ったのか、震える手を伸ばして私と潘恵の頭を撫でた。カサついた唇に笑みが刻まれている。

「……ふふ、勇気を出して、ここに来て、よかった……。ああ、楽しかった——」

そうして、黄嬪、いや黄夕燕はその後二度と口を開くことはなかった。

力の抜けた手がパタンと布団に落ちる。

私と潘恵は、だんだん冷たくなる骨ばった手を握りながら、ボロボロと涙を流した。

冬の初めの、折しも日没の頃、黄夕燕は短い人生に幕を下ろしたのだった。


彼女の亡骸は、後宮の片隅にある殯（もがり）の宮に安置された。

冬だというのに色鮮やかな花々が手配され、銅製の棺の中に敷き詰められている。

痩せた顔に蔡美宣が綺麗に化粧を施してくれて、健康な時の彼女が眠っているみたいだった。

後宮内で黄夕燕と縁のあった者たちがお別れの花を棺に入れて蓋がされる。

彼女は潘恵が預かっていた遺書での希望により、略式葬が執り行われ、年明け後に落ち着いてから、急な病で亡くなったと公表されることになった。殯(もがり)、つまり安置するのはわずか十日で、その後はひっそりと妃嬪のための墓所に埋葬された。

故郷である馬理には遺髪だけが届けられるのだという。

黄夕燕が亡くなってから、私は予知夢を見ることがなくなった。きっと予知夢は黄夕燕だけの能力で、私は一時的に見せてもらっていただけだったのだろう。

輪鋒館に残ったわずかな宮女(きゅうじょ)や宦官(かんがん)は、希望の部署に移り、または後宮を出て実家へと戻っていったそうだ。

殯(もがり)の間、棺の側から離れようとしなかった潘恵は、ろくに食べていなかったのか、少し痩せてしまっていた。

埋葬が済んでしまった後は、真っ赤な目をして、身の置き所がないように、小柄な体をさらに小さく丸めていた。

「――ねえ、潘恵はこれからどうするの？　もしよければ薫春殿に来る気はない？」

私だけでなく、恩永玉も言葉を尽くして潘恵を誘ったのだが、彼女は首を縦に振ることはなかった。

「ごめんなさい。あたしは夕燕様以外に仕える気はないんです」

「では、馬理に戻るの？」

それにも首を横に振る。

「……いえ、あたしは孤児で、小さい頃から神招きの園で夕燕様の世話付きをさせてもらっていたんで、帰る場所もありません」

「でも、それじゃ……」

「あたし、後宮を出ます。夕燕様の遺髪を少し分けていただいたので、一緒に旅に出ようかなって思っているんです。夕燕様、神招きの園と後宮以外の世界をほとんど知らなかったから、あちこち見せてあげたくて。宮女のお給金もありますし、あたし一人くらい、なんとかなります」

無理して微笑む潘恵の姿が涙を誘う。

「……分かった。もし、知州の方に行くことがあれば、星見の里を訪ねてみて。私の従兄弟がいるから、何かあれば頼ってちょうだい」

彼女は小さく頷き、ふと思い出したように言った。

「そうだ、朱妃に謝らなきゃいけないんでした」

「え？」

「輪鋒館の前に陛下がいらしたって噂はあたしのせいなんです。あたし、夕燕様がよその宮女に侮られているのをなんとかしたくて、夕燕様が寝込んでいる時に、勾玉の首飾りを勝手に借りて使ったんです。陛下に目をかけられていると思われたら、周囲の態度も変わるんじゃないかって」

「あの時の陛下は潘恵だったのね」

「はい、おおごとになってしまって言い出せなくて。すみませんでした」

潘恵は深々と頭を下げる。

「ううん、いいの。話してくれてありがとう。なんだかスッキリしたわ」

私は彼女を責めるつもりなんてなかった。

それにあの時点で雨了の偽物がいると知ったからこそ、その後の刺客にも対応出来たのだと思っている。

潘恵にせめて何かしてあげたくて、路銀の足しになりそうな貴金属を恩永玉から渡してもらった。恩永玉は目を真っ赤にして泣いていた。

「……元気でね」

「それでは朱妃、並びに薫春殿の皆様……お世話になりました」

潘恵は深々と頭を下げた後、後宮の大門から、ひっそりと旅立っていった。


そんな忌みごとがあっても、新年の祝いは予定通り行われるらしい。

つまり私が貴妃になるための式典も決行するのだという。

黄夕燕の殯の儀が終わり、埋葬が済んだ段階で、新年まで半月を切っていた。私は短期間で打ち合わせ、予行演習、衣装合わせなどを行い、目が回りそうなほど忙しい日々を過ごした。

雨了も同様だ。忙しさのあまり、ほとんど会えないまま日々が過ぎていく。

いや、宦官や薫春殿の宮女たちも、朝から晩まで目まぐるしく働き、なんとか新年までに間に合わせてくれたのだった。

それだけ忙しかったからこそ、その間、私は何も考えずに済んだといえる。

そして、気が付けば新年の爆竹を鳴らす音があちこちから聞こえてきた。

年が明けたのだ。

私は祝いに参加する気力もなく、外から聞こえる爆竹の音や宮女（きゅうじょ）たちの歓声をぼんやりと聞いていた。いつの間にか、薫春殿の中にも新年飾りがあちこちに飾られている。それすら目に入らないほど忙しかったのだ。

へとへとになったまま寝て起きて、いよいよ新年の祝いの式典が執り行われるのだった。

「うう……緊張する」

私は胸のあたりをさすさすと撫でる。

ここ数日は緊張のあまり食も進まず、胃のムカムカが続いていた。お粥ですら何故か気持ち悪くなってしまうので、芋を蒸してすり潰したものや、さっぱりしていて栄養もある柑橘の実を食べて、なんとか気持ち悪さを押さえ込んでいる。

宮女（きゅうじょ）たちに衣装を着せてもらい、蔡美宣が張り切って化粧をしてくれた。

かつて見た蓉嬪がしていた舞台化粧ほどではないが、かなりしっかり目の濃い化粧だ。

鏡に映る自分がいつもと違って見える。目鼻立ちがくっきりとし、白粉(おしろい)をがっつり塗ってあるので、輝くような白い肌である。

「いつもより、ちょっと美人に見えるかもしれないわ」

蔡美宣の化粧の腕前はすごい。

褒美として凛勢の絵姿がもらえることになり、張り切っている蔡美宣は、このところの働きっぷりも目覚ましいものがあった。蔡美宣は餌で動かすのがいいらしい。

「そろそろお時間です」

「うん！」

準備を終え、武者震いしながら龍圭殿に向かう。

さっきまで妃嬪の一人として新年参賀に列席していたから、来賓が大量にいるのは身に染(し)みている。従属国からの代表者や、迦国の官吏や武官に州長、雨了の遠縁である龍の血を引く人々など、要人が多く参賀してきているのだ。

入宮の儀よりずっと人が多い。予行演習では広すぎるくらいに思っていた龍圭殿の大広間は、今やギチギチにお偉方が詰まっている。

緊張は、心臓が口から出てしまいそうなほど。

それでも、上手から中央の眩しい光の下に飛び出したら気にならなくなっていた。

私を照らす光があまりにも眩しくて、周囲の人は黒々とした塊にしか見えない。

ただ、同じくらい眩しく照らされている雨了だけがはっきりと見えていた。

何百回、いや、何千回と聞いた音楽が耳に入れば自然と体が動き出す。凛勢が体に拍子を染み込ませようと言っていた意味が分かった瞬間だった。

伴奏に合わせて私は舞い踊る。

小鈴のついた長い領布を振るうと、シャランシャランと儚い音を立てる。クルッと回り、腕をしなやかに動かす。指先までしっかり意識をして、ハッタリでいいから綺麗に見えればそれでいい。

私の舞は雨了に捧げるためのもの。

高い位置にある玉座に座っている雨了の瞳が青く煌めいている。距離があってもハッキリと分かる。

その目は私だけをずっと見つめている。

それだけで私の胸は熱くなり、鼓動が激しい音を立てるのだ。

なんて幸せなんだろう。

この曲が終わらなければ、いつまでも踊り続けられそうなくらい身が軽い気がした。

けれど、当然ながら永遠には続かない。曲は終わり、私は雨了に向けて決めの体勢をし、それから最上級の拝礼をした。

舞で体温が上がったからなのか、胸元に隠されている雨了の鱗に体温が移って熱い。

互いの心臓が繋がっているような気さえしていた。

失敗はなかった。

かつて黄夕燕が教えてくれた通りに出来たのだ。

彼女にこの舞を見せることは叶わなかったけれど。

不意に、天井から紫の花弁が雪のように舞い降りてくるのが見えた。花弁が私を祝福するかのように、ハラハラと。

しかし瞬きの間にその花弁は消えてしまった。

幻覚だったのだろうか。

私は来賓にも礼をするため、クルッと体を回転させる。

黒々とした塊にしか見えない観客たちの中に、ふと夕陽色の瞳が見えた気がした。

もう一度その色を探しても、どこにもない。

――ねえ、見ていてくれた？

私はもういない彼女に向かって礼をした。

いつの間にか、涙がポタリと零れ落ちる。

「莉珠……！」

慌てて拭おうとしたところで、雨了が玉座から降りて、私のそばに歩み寄った。

そんな話はなかったはずだ。舞を終えたら、私はこのまま下手から去って終わりだったはず。

しかし雨了は私の涙をそっと拭い、抱き締めたのだ。

シン、と龍圭殿が静まり返る。

雨了はそのまま私を横向きに抱き上げて、下手に向かった。

誰からも見えない位置に来たあたりで、ようやく私の耳に拍手が聞こえてきた。

来賓に、雨了が私を抱き上げて、下がるまでの一連のことを、貴妃（きひ）への愛を示すためにわざとしたことなのだと思われたのかもしれない。それこそ、堂々としていれば大抵のことは上手くいく、ということなのだろう。

「ちょ、ちょっと雨了！　雨了まで下がってどうするのよ」

私は抱き上げられたまま、雨了に囁く。しかし雨了に焦りは微塵も見えない。

「まあ、大丈夫だろう。今頃、凛勢がなんとかしてくれている」

それを聞いて私は眉を寄せる。

凛勢も無茶振りされて大変だとしみじみ思ったのだった。

「それに、そなたは着替えたら玉座の横に来るのだぞ。俺もその時に戻ればいい」

「そうかもしれないけど！」

下手側の出口から出ると、薫春殿の宮女たちがやきもきしながら待っていた。

私は舞を終えた後、舞のための軽い衣装から貴妃としての絢爛な衣装に着替えて化粧も直し、大急ぎで髪型を変えた。

鳳冠を被って貴妃として——雨了の第一夫人として玉座の横に座ることになっているのだ。

準備を終えた私は、最後に鳳冠を被せられる。巨大な金の土台に玉飾りがふんだんについた鳳冠は豪奢だがずっしりと重い。

思わずよろめきそうな私を、雨了はまたも抱き上げた。しかも、私を見せびらかすかのように、軽々と片腕に乗せたのだ。

「さあ、行くぞ」

「じ、自分で歩けるってば！」

鳳冠(ほうかん)はかなり重いけれど、舞のおかげで姿勢も良くなったし、気を付ければ龍圭殿の滑らかな床で転ぶこともないはずだ。

「いや、俺はそなたを放したくはない。それに、こうすれば俺の愛は誰の目にも明らかだろう。我が愛しの貴妃(きひ)よ」

雨了は抱き上げた私に軽く口付けた。

「あっ、紅(べに)が着いちゃうってば」

私は慌てて雨了の口元を拭う。そんな私を、雨了はクスクスと笑った。

「可愛いな、莉珠」

「もう！」

口では怒るけれど、私は雨了の腕の中にいる時が一番安心出来るのだ。

再度、皇帝陛下に抱かれた貴妃(きひ)の登場に、龍圭殿が割れんばかりの拍手喝采が鳴り響く。私はまるで全身に膜が貼りついたかのように現実感がない。

玉座への階段を登り終えた雨了が私をそっと下ろしたのは、玉座の横に据えられた私のための椅子の前。

そこで私は雨了の前に跪く。

雨了は霞帔と呼ばれる肩掛けを、手ずから私の肩にかけた。

細長く、金糸で煌（きら）びやかに雲と龍、縁起のいい吉祥紋様がびっしりと刺繍がされている。私が鳳冠霞帔（ほうかんかひ）の両方を拝領し、装着したことで貴妃（きひ）として正式に皇帝陛下が認めたことになるのだそうだ。

雨了は私に手を差し出す。その手に掴まり、立ち上がると、前もって指示されていた通りに妃の椅子に腰掛けた。

すると広い龍圭殿にぎっしり詰め込まれた来賓の要人たちと向かい合う形になる。

しかし、相変わらず玉座を照らす灯りは眩しくて、人々の姿は黒い塊にしか見えない。だから変に緊張せずに済んだ。きっと、さっきの雨了の口付けのせいもあるのかもしれない。胸の中を言葉にならない充足感が占めていく。

横の雨了をチラッと見上げると、ちょうど雨了も私の方を見ていて目が合った。青い目が煌（きら）めいている。

雨了は一瞬、微笑んでくれた後、まっすぐに前を向いた。国を、民を見つめる皇帝の目で。

それで分かったのだ。こうして雨了の隣に並べることこそ、私の欲しかったものなのだと。

貴妃として雨了の仕事を手伝えるとか、外遊に着いていけるとか、それだけではなかった。雨了のことを一番近くに感じられ、皇帝として孤高にならざるを得ない雨了に、唯一並び立てるこの場所を得たことが嬉しかった。

「――ここに、我が妃、朱貴妃を迎えたと宣言する！」

来賓の拍手や歓声よりも、ずっと大きく雨了の声が響き渡る。まるで雷鳴だ。

そして、嵐のような喝采がこれに応えた。

音が反響し、ビリビリと龍圭殿が震えている。この宮殿自体がまるで一匹の巨大な龍になったかのよう。そして、私も今は龍の一部なのだ。

私は今日この時をもって、朱貴妃と呼ばれることになった。

アルファポリス
第6回ライト文芸大賞
「青春賞」
受賞作

どこにも居場所がなくて、本音を隠すのが苦しくて、
もういっそ海に消えてしまいたくて――――

そんな私を、君が変えてくれた。

母親との関係がうまくいかず、函館にある祖父の家に引っ越してきた少女、理都（りつ）。周りに遠慮して気持ちを偽ることに疲れた彼女は、ある日遺書を残して海で自殺を試みる。それを止めたのは、東京から転校してきた少年、朝陽（あさひ）だった。言いくるめられる形で友達になった二人は、過ぎゆく季節を通して互いに惹かれ合っていく。しかし、朝陽には心の奥底に隠した悩みがあった。さらに、理都は自分の生い立ちにある秘密が隠されていると気づき――

◉定価：770円（10％税込）　◉ISBN:978-4-434-33743-7　◉Illustration：ゆいあい

訳あり皇帝の運命は私が変えてみせる！

毒を浄化することができる不思議な花鈿を持つ黄明凜（こうめいりん）は、ひょんなことから皇帝・青永翔（せいえいしょう）に花鈿の力を知られてしまい、寵妃を装ってお毒見係を務めることに。実は明凜は転生者で、ここが中華風ファンタジー小説の世界だということを知っていた。小説の中で明凜の“推し”である皇帝夫妻は、主人公の皇太后に殺されてしまう。「彼らの幸せは私が守る!」そう決意し、入内したのだが……。いつまでたっても皇后は現れず、永翔はただのお毒見係である明凜を本当に寵愛!? しかも、永翔を失脚させたい皇太后の罠が二人を追いつめ――?

転生妃と訳あり皇帝が心を通じ合わせる後宮物語、ここに開幕!

定価：770円（10%税込）　ISBN978-4-434-33896-0

イラスト：猫林

世界一幸せな偽りの結婚

理想の令嬢と呼ばれる眞宮(まみや)子爵令嬢、奏子(かなこ)には秘密があった。それは、巷で大流行中の恋愛小説の作者『槿花(きんか)』だということ。世間にバレてしまえば騒動どころではない、と綴る情熱を必死に抑えて、皆が望む令嬢を演じていた。ある日、夜会にて憧れる謎の美男美女の正体が、千年を生きる天狐の姉弟だと知った彼女は、とある理由から弟の朔(さく)と契約結婚をすることに。仮初(かりそめ)の夫婦として過ごすうちに、奏子はどこか懐かしい朔の優しさに想いが膨らんでいき——!? あやかしとの契約婚からはじまる、溺愛シンデレラストーリー。

定価：本体770円（10%税込み） ISBN978-4-434-33895-3

イラスト：もんだば

生きづらい君に叫ぶ1分半
この声、届け君に
小谷杏子
Kyoko Kotani
自信がなく宙ぶらりんに生きる高二女子、
中崎晴は音楽と過激な詞で視聴者を虜にする
大人気クリエイター『earth』オタクで、
密かにアフレコ動画を投稿している。
ある日、とある理由から『earth』の正体が
クラスメイトの星川凪だと知ると同時に、
晴は詞に声を吹き込む覆面声優に抜擢されてしまう。
凪と出会い、晴が声を届ける喜びに目覚めていく中、
突然『earth』は解散危機に追い込まれてしまい……？
生きづらさを抱えるあなたに贈る、
温かい涙が止まらない感動作。
生きづらい君に叫ぶ1分半
小谷杏子
アルファポリス文庫
この声、届け君に
平凡な私は特別な彼に出会い、
世界が輝き出した
この物語に
温かい涙が
こぼれる

この作品に対する皆様のご意見・ご感想をお待ちしております。

おハガキ・お手紙は以下の宛先にお送りください。

【宛先】

〒150-6019 東京都渋谷区恵比寿4-20-3 恵比寿ｶﾞｰﾃﾞﾝﾌﾟﾚｲｽﾀﾜｰ 19F
(株) アルファポリス　書籍感想係

メールフォームでのご意見・ご感想は右のＱＲコードから、
あるいは以下のワードで検索をかけてください。

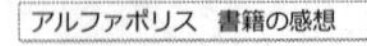

ご感想はこちらから

アルファポリス文庫

迦国(かのくに)あやかし後宮譚(こうきゅうたん)4

シアノ

2024年6月25日初版発行

編　集－本丸菜々
編集長－倉持真理
発行者－梶本雄介
発行所－株式会社アルファポリス
〒150-6019 東京都渋谷区恵比寿4-20-3 恵比寿ｶﾞｰﾃﾞﾝﾌﾟﾚｲｽﾀﾜｰ19F
TEL 03-6277-1601（営業）03-6277-1602（編集）
URL https://www.alphapolis.co.jp/
発売元－株式会社星雲社（共同出版社・流通責任出版社）
〒112-0005 東京都文京区水道1-3-30
TEL 03-3868-3275
装丁イラスト－ボーダー
装丁デザイン－AFTERGLOW
印刷－中央精版印刷株式会社

価格はカバーに表示されてあります。

落丁乱丁の場合はアルファポリスまでご連絡ください。

送料は小社負担でお取り替えします。


ISBN978-4-434-34037-6 C0193